ELLES SE RENDENT PAS COMPTE

GW00729207

BORIS VIAN
(VERNON SULLIVAN)

Elles se rendent pas compte

FAYARD

ISBN : 2-253-14921-7 - 1ʳᵉ publication - LGF
ISBN : 978-2-253-14921-7 - 1ʳᵉ publication - LGF

CHAPITRE PREMIER

D'abord, ça devrait être interdit, les bals costumés. Ça assomme tout le monde et au XXe siècle, on n'est tout de même plus d'âge à s'habiller en bandit sicilien ou en grand air de la *Tosca*, juste pour avoir le droit d'entrer chez des gens dont on fréquente la fille — parce que c'était ça le problème. On était le 29 juin et le lendemain, Gaya débutait dans le monde. A Washington, ça représente quelque chose comme corvée. Et moi, l'ami d'enfance de Gaya, genre frère de lait... vous vous rendez compte. Rigoureusement forcé d'y aller ; jamais ses parents ne m'auraient pardonné.

Mais est-ce que Gaya n'aurait pas pu faire ses débuts dans le monde comme tout le monde en question ? Et en robe du soir normale ? avec des garçons en smoking ? A dix-sept ans, on n'a plus l'âge de se coller sur le dos toute une friperie de théâtre... à quoi ça rime ?

Sans prendre la peine de me poser d'autres questions, je continuais à me raser devant ma glace grossissante ; ces questions-là me suffisaient bien ; elles avaient déjà réussi à me mettre en colère. Je me rappelais la bouche de Gaya, les mains de Gaya, et le reste... le tout assez bien entraîné pour pouvoir se passer de cette comédie.

Allons. Ma colère montait de plus en plus. Dommage que mon frangin, Ritchie, ne soit pas là — je lui aurais demandé de me mesurer ma tension artérielle. Les étudiants en médecine, ils sont ravis qu'on leur demande ces trucs-là. Ils exhibent des machines nickelées avec des aiguilles, des cadrans, des tubes, et ils vous comptent les battements du cœur ou vous mesurent le volume pulmonaire, et aucune de ces chinoiseries n'a jamais servi à rien de rien. Mais je m'égarais. Je me mis à repenser à Gaya.

Ah, elle l'aurait voulu. C'est en femme que je me grimais. Et tous ses petits amis allaient me tourner autour. Même mon nom, Francis, ça collait. Ils comprendraient Frances et le tour serait joué. Toute la soirée, Gaya allait se mordre les doigts d'avoir donné un bal costumé. Comme si le meilleur costume, pour elle, ça n'était pas une petite fleur entre les dents et sa jolie peau sur le râble, à l'exclusion de toute autre sophistication.

De ma fenêtre au châssis relevé, je voyais un bout de la statue de Mc Clellan, au carrefour de Connecticut Avenue et de Columbia. En les ouvrant un peu plus, j'arrivais à repérer le coin du drapeau de la légation finnoise, entre Wyoming Avenue et California Street. Pas assez clair. Mal aux yeux. Fermons la fenêtre. Je revins à ma glace.

Rasé à fond, j'avais la peau lisse comme une vraie peau de souris ; et avec un poil de fond de teint, ce serait parfait. Ma seule inquiétude, c'était ma voix. Bah... un verre dans le nez et aucun de ces idiots ne s'y arrêterait. Ce qui me faisait le plus rigoler, c'était l'idée que Bill ou Bob allaient m'inviter à danser... avec les faux seins de ma mère et un bon slip bien serré, je ne risquais rien du côté des signes extérieurs, mais je ne pourrais pas m'empêcher de me tenir les côtes...

Question costume, je m'étais pas décollé les méninges. Une robe des joyeuses années 90, de la dentelle, du corset, du jupon, des bas noirs à baguette... et des bottines en chevreau, mes enfants... j'avais eu tout ça avec l'aide de mes potes qui travaillaient dans le théâtre.

Il faudrait peut-être que je me présente. Francis Deacon, sorti de Harvard (mais pas entièrement exprès), muni d'un papa spécialement rupin et d'une maman extradécorative. Vingt-cinq ans — dix-sept en apparence — mauvaises fréquentations : boxeurs, buveurs, tapageurs, et jolies dames qu'on aime pour de l'argent, excellent parti. Pas méchant type. Horreur des intellectuels. Plutôt sportif. Sports doux : judo, catch, yachting, un peu d'aviron, ski, etc. L'air d'un minable — soixante-quinze kilos et cinquante-six centimètres de tour de taille. Ma mère me battait d'un. Mais ça lui coûtait cher de massages.

Je m'assis près de la glace et je saisis l'objet avec lequel je m'apprêtais à me supplicier. Un gros bâton de cire spéciale que j'avais acheté chez le Chinois de maman et dont il affirmait se servir régulièrement pour l'épilation de ses clientes.

Un briquet d'une main, la cire de l'autre, je frottai la molette et la petite flamme bleue commença à lécher le tronc de cône translucide.

Ça fondait. J'allongeai ma jambe et bing ! Je collai l'engin sur mes poils en « étendant rapidement », comme disait le papier.

Cinq minutes après, revenu à la raison, je me mis à considérer que tout de même, si dès le premier coup ça me coûtait une torchère de cristal et une glace de deux mètres sur deux, je ferais mieux d'aller directement chez le Chinois. Je regardai ma montre. J'avais le temps. Je décrochai le téléphone. Au diable l'avarice.

— Allô ! Wu Chang ? Ici Francis Deacon. Avez-vous une minute ?

Il dit oui, naturellement.

— Je viens ! dis-je. Dans cinq secondes je suis chez vous.

Quand même, cinq secondes pour un type qui boite, c'est peu — j'en mis dix.

CHAPITRE II

En regardant opérer Wu Chang, en toute objectivité, je fus forcé d'admettre qu'il valait mieux se confier aux mains du spécialiste.

— Ça ne va pas laisser de traces ? demandai-je à Wu Chang en désignant l'emplacement, cramoisi, de mon premier essai.

— Pas du tout, me dit Chang. Tout le reste va être rouge comme ça dans cinq minutes et d'ici une heure ça sera passé.

Il me regarda mais on ne pouvait pas savoir ce qu'il pensait. Faut les connaître pour ça, les Chinetoques.

— Je vais à un bal costumé, lui dis-je. Et je dois porter des bas.

— Ce sera tout de suite fait, dit-il.

Il étalait la cire, arrachait, d'un geste vif et précis, les poils enrobés par le produit et remettait le bâton au-dessus d'une petite veilleuse à gaz — mes mollets ressemblaient au dos d'une volaille flambée.

En une demi-heure, c'était fini. Je remerciai Wu Chang, le payai et sortis. Ça me démangeait un peu — pas grand-chose. Je sentais dans ma poche la boule dure du petit pot de crème qu'il m'avait donné pour m'enduire les jambes. Je remontai presto mes deux étages et me remis à ma toilette.

Je ne vous la décris pas en détail, mais quand je me suis regardé dans la glace de la salle de bains (si vous vous souvenez bien, je venais de flanquer en l'air celle de la chambre) j'ai eu l'impression que si je ne me retenais pas, j'allais me faire passer un sale quart d'heure. Je suis tombé amoureux de moi — comme ça... mes enfants, vous auriez vu cette fille qui me regardait avec mes yeux... de tout là où il fallait — de la hanche, du sein (et du qui tenait, ma mère achète pas de la camelote) — et une allure à affoler tous les durs de Bowery.

Je regarde ma montre. Ça fait tout de même trois heures et demie que ça dure. Poil par poil, je les ai épilées, la poudre — je comprends pourquoi cette brute de Gaya me fait toujours attendre... Au fait, elle va drôlement vite, si vous voulez mon avis.

Je suis dans la rue. J'espère qu'on ne va pas s'étonner de me voir monter dans ma voiture parce que, sans blague, je ne ressemble pas précisément à Francis Deacon... Maintenant, je ne suis plus très fâché contre Gaya — je sais de source sûre qu'elle va s'habiller en page — mais avec la poitrine qu'elle a, vous pensez que tout le monde s'en apercevra. Tandis que moi, je vous fiche mon billet que celui qui me reconnaîtra, il me fera plaisir, et je suis prêt à lui donner deux cents dollars, comme si je les avais.

La vieille Cadillac de papa — elle est d'il y a deux ans, il m'en a fait cadeau en rachetant la nouvelle — m'emmène vers Chevy Chase. Je tourne dans Grafton et je prends Dorset Avenue. C'est le quartier de rupins — mes parents aussi ont une propriété dans le coin ; mais moi, j'aime drôlement mieux habiter en ville. Je tourne dans une des petites voies privées sur la droite. Il y a au moins soixante bagnoles parquées devant la propriété de Gaya, quelques-unes dans le jardin. Je me case entre la Rolls du gars de l'ambassade britannique, Cecil, et une vieille Olds 1910 ; c'est sûrement celle de John Payne — drôle d'idée de s'appeler John Payne. Quelle bagnole, Seigneur !

Je descends. Il y a une grosse Chrysler blanche qui arrive une seconde après moi et le gars fait cligner ses phares en me voyant ; comme si il en avait dans l'aile. Tranquille, ma perruque tient bon, tu peux me reluquer sous toutes les faces.

Je ramasse délicatement mes jupes et je grimpe les trois marches du porche. C'est plein de lumières et de bruit et la musique joue. Dégueulasse, d'ailleurs — Gaya, elle n'y a jamais rien pigé ; pourvu que ça soit bien sucré ça lui suffit.

Je fais mon entrée. Il y en a toute une bande là-dedans, et au moins quinze brigands siciliens ; ça, j'en étais sûr. Occasion de porter une chemise échancrée largement et des culottes collantes pour montrer aux souris primo, qu'on a du poil sur le thorax (ou qu'on n'en a pas) et secundo, que le petit Jésus ne vous a pas oublié dans la distribution des avantages naturels (ou qu'il vous a oublié : c'est aussi utile, car il y a des filles à qui ça fait peur).

Moi, je bombe le torse un bon coup et mes faux seins tendent la soie de mon corsage à tout faire sauter. Ils sont bien faits, on voit les pointes en relief. Ça loupe pas ; un grand idiot de Robin Hood vient m'inviter et il en a les mains qui tremblent. C'est drôlement gênant de se faire conduire par un autre gars. Je lui fais un effet terrible, ça doit être à cause du Soir d'Amour de maman, je me suis vidé le flacon sur le crâne. Le gars est presque évanoui du coup. Heureusement, le disque s'arrête. Gaya est là-bas, près du buffet, elle me regarde d'un sale œil. Elle est en petit page, j'ai été bien rancardé. Et il y a un gros Lil'Abner à côté d'elle, et un Superman de l'autre côté, qui pèse bien trente-cinq kilos... il y a des gars gonflés. Je vous dis que Gaya n'a pas l'air contente de me voir ; le fait est que je ramasse quelque chose comme succès ; et elle ne sait pas qui c'est. Je m'approche d'elle. J'ai trouvé le truc pour parler : une voix basse et voilée, un peu rauque. Je vais faire comme si j'étais une vieille copine.

— Hello, Gaya !... comment allez-vous ?

— Ça va, dit-elle... qui êtes-vous ? Je ne vous reconnais pas.

— Vous, dis-je, on vous reconnaît tout de suite. Pas moyen de vous prendre pour un homme.

Peut-être que je vais un peu fort. Comment elles se parlent, les souris entre elles ? Je me rends pas compte. Au fond, elles doivent s'en dire de raides ; d'ailleurs, elle ne sourcille pas.

— Vous n'avez même pas pris le risque, vous, ma chère Flo, me dit-elle en regardant ma poitrine d'un air faussement dédaigneux.

Je ris, très flatté (e). Donc, je suis « Flo ».

— Oh !... dis-je, j'ai tout essayé, mais je n'ai pas pu les aplatir... vous savez, j'avais tellement envie de me mettre en brigand sicilien.... mais je crois que j'en ai trop.

— Moi, j'y suis arrivée, dit-elle sèchement.

Le grand gaillard en Lil'Abner m'enlace.

— Qu'est-ce que c'est, dit-il à voix basse, en s'assurant que Gaya ne nous entend pas. Vous êtes Florence Harman ? Tiens ?

— Oui, dis-je. Ne me vendez pas.

— Ouais... Je suis Dic Harman, me dit-il en serrant très fort, et du diable si je danserais avec ma sœur. D'ailleurs...

Il rougit...

— Elle... danse moins bien que vous. Notez que vous lui ressemblez.

— Où est-elle votre sœur ? dis-je.

Parce qu'une souris qui ressemble à ce que je suis en ce moment, sûr et certain que ça m'intéresse. Le dénommé Harman hausse les épaules. Maintenant, je le reconnais. C'est l'un des gars de l'équipe de football de l'université, je l'ai déjà rencontré chez Gaya.

— Florence est stupide, dit-il. Elle a fait la même bêtise que Gaya. Elle s'est habillée en garçon. Et je vous jure que... Ça y est, et il déglutit péniblement.

— Enfin, poursuit-il, ça se voit... euh... autant que vous...

Je ris encore, amusée et très garce.

— Qu'est-ce que vous en savez ? dis-je. Je suis peut-être un garçon.

Il se serre tendrement contre moi. Bon sang, que c'est désagréable d'être serré tendrement par un homme. Ça râpe et ça sent la crème à raser. Vivent les filles.

— En quoi est Florence ? dis-je.

— Elle voulait se mettre en Tarzan, dit-il.

Ce coup-là, il tourne au cramoisi.

— J'ai réussi à la dissuader. Elle est en seigneur français, Louis XIV ou Louis XV, je n'y comprends rien à tous leurs chiffres. Avec de hauts talons. Tenez, elle est là-bas. La rousse. Avec un loup de velours.

Le pauvre Dick paraît atrocement gêné.

— C'est horrible, me dit-il. Elle invite toutes les filles à danser. Elle croit qu'on la prend pour un homme.

— Gaya ne l'a pas reconnue ? dis-je. Elle m'a prise pour elle.

— Elle s'est fait teindre, dit Dick. Et avec le loup, c'est difficile. Est-ce que je peux vous demander la prochaine danse ?

— Présentez-moi plutôt votre sœur, dis-je en me faisant aussi roucouleur que je peux. J'aime énormément les filles.

Il me considère, franchement épouvanté, plein de réprobation. Fi ! que c'est idiot, un homme. Je lui presse tendrement l'épaule.

— Je vous en prie, Dick. Je m'appelle Frances.

Bon gré, mal gré, il y va. Flo a l'air ravie de me voir prise à son piège. Elle a dû faire la leçon à Dick qui se tourne vers moi et me dit :

— Mon frère Johnny. Johnny, c'est Frances. Elle voudrait te connaître.

— Content de vous rencontrer... me dit Flo-Johnny en me regardant tendrement.

Nous nous serrons la main. Je comprends, en la voyant, pourquoi Dick n'apprécie pas son déguisement masculin. Mes enfants, les faux seins de ma mère ne sont rien à côté des vrais siens. Ce qu'il y a de drôle, c'est qu'elle a l'air tout émue par mes charmes. Encore une qui se figure qu'elle est une nouvelle Sapho. C'est crevant. Elle sera horriblement déçue à l'usage.

Je danse une fois avec elle et je la quitte, après lui avoir donné des signes de mon intérêt, pour me laisser inviter par une bonne douzaine de garçons... des vrais, ceux-là. Gaya est furieuse, je suis trop entouré pour son goût... elle va même jusqu'à engueuler ce pauvre Dick Harman. Elle croit toujours que je suis la sœur Flo et le malheureux n'ose pas la détromper. La vraie Flo-Johnny me suit à la piste et chaque fois qu'un garçon m'invite, elle fait un de ces nez... Moi je m'amuse comme un petit fou et, de temps en temps, je fais des effets de châssis que j'emprunte sans vergogne à notre chère Betty Hutton, qui sait ce que c'est que rouler la hanche dans le style 1890. Enfin, vers trois heures du matin, Flo arrive à me mettre le grappin dessus. Il y a déjà pas mal de couples solidement formés, et d'autres sont prêts à se dissoudre pour cause d'ébriété partielle. Gaya a abandonné l'espoir de se faire passer pour un homme. Elle danse avec un type assez moche ; il n'est pas costumé. Je ne le connais pas et je me demande ce qu'elle lui trouve. Pendant que Flo se presse contre moi et tente de me faire partager son émoi par des allusions discrètes à mes appas troublants, je surveille Gaya du coin de l'œil. On dirait que le type la tient complètement dans le creux de sa main ; elle baisse les yeux quand il lui parle et dit oui avec une moue de bébé battu. C'est drôle.

— Alors, me dit Flo, ça vous est égal, ce que je dis là ?

— Pardon ! dis-je — parce que je pensais à tout autre chose.

— Je vous ai demandé si vous vouliez que je vous raccompagne, vous avez demandé pourquoi, et je vous ai dit pourquoi.

— Pourquoi ? répété-je.

— Parce que vous me plaisez beaucoup... physiquement, me dit Flo-Johnny.

Je rigole, mais à l'intérieur. A l'extérieur, je prends l'air très troublé.

— Ne dites pas des choses comme ça, dis-je. Est-ce que vous ne vous rendez pas compte que je sais très bien que vous êtes une fille ?

Ça l'excite encore plus.

— Vous le saviez, hein, dit-elle...

Et sa main vient caresser doucement un de mes plantureux attributs... un des attributs de ma maman, devrais-je dire.

— Oui, dis-je en baissant les yeux pour les relever aussitôt.

J'essaie de prendre une physionomie voluptueuse. C'est du boulot, je vous garantis. Surtout que j'ai plutôt envie de me fendre la pipe à en éclater.

— Et... qu'est-ce que vous répondez à ma question ? dit-elle en respirant plus vite.

Je la regarde. C'est une superbe fille, malgré son costume idiot. Elle a des yeux saphir et une bouche charnue avec les plus belles dents du monde, un ovale à fossettes, un cou bien rond... les jambes sont de première qualité. Quant au reste, cette idiotie de costume Louis XV dissimule tout. Ma foi... elle sera déçue dans ses impurs désirs, mais j'arriverai bien à la consoler...

— Je veux bien que vous me raccompagniez chez moi, dis-je, mais je ne peux pas partir maintenant.

Je dois rester encore un peu. Voulez-vous qu'on retrouve dans vingt minutes, à la porte du jardin ?

— Sûr ! souffle-t-elle, les jambes coupées.

Le disque s'arrête.

— A tout à l'heure, dis-je en lui pressant tendrement la main.

Et puis je file dare-dare vers la porte qui donne dans le vestibule, par laquelle Gaya vient de disparaître avec son danseur.

Un type qui ne me revient pas, je vous l'ai déjà dit. Je veux voir ça de près.

CHAPITRE III

La maison des parents de Gaya est une belle bicoque bien meublée, mais bien tarabiscotée aussi. Un de ces trucs construits de façon à récupérer toute la lumière du jour, quand il fait jour, naturellement, et ceci par le moyen d'un tas d'angles, de vérandas et de murs de verre. Tout ça c'est solide et épais parce que Washington n'est tout de même pas la Californie et qu'en hiver, on a besoin d'un petit minimum de protection. Heureusement, je connais le chemin et je me doute que Gaya a dû monter dans sa chambre, au premier. Je mets le pied sur la marche et je vois le type déjà mentionné, qui redescend. Les domestiques sont couchés à cette heure-là, et les parents de Gaya se sont octroyé un repos, bien mérité sans doute, car le début de la soirée a dû être gratiné et riche en vieux débris de toutes sortes. C'est quand même marrant que ce type, que je n'ai jamais vu, soit assez intime avec Gaya pour l'accompagner dans sa chambre. Je m'en fous qu'il l'accompagne dans sa chambre, mais ça m'étonne de ne jamais l'avoir vu. Au moment où il passe, je trébuche et on s'accroche.

— Pardon ! dis-je, toute mignonne et douce.

— Désolé, dit-il.

Il me jette un coup d'œil précis, scrutateur et parfaitement froid.

— J'ai buté sur la marche, dis-je.

— Je vois, dit-il.

— Je ne connais pas la maison... Et puis j'ai un petit peu bu...

— Vous avez tort, me dit-il. Il y a des choses tellement plus chouettes.

— Je n'en connais pas, dis-je, très distinguée. Moi, j'adore boire.

— A votre guise, dit-il.

Il se tait. Visiblement, il veut s'en aller. Je suis pourtant bien coquine dans ma petite robe.

— Eh bien... au revoir, dit-il.

Et il s'en va, comme ça. Je le rappelle.

— Gaya est là-haut ?

Il s'arrête.

— Non, dit-il. Je crois qu'elle est à la cuisine. Elle avait faim. C'est par là.

Il m'indique le chemin. Pas d'erreur, il sait où c'est aussi. Et ça, c'est du sport. Pour trouver la cuisine chez Gaya, il faut être dans la maison depuis au moins dix ans. Mais bon sang, est-ce que ce n'est pas du fard qu'il a sur les joues ? Il est pourtant en smoking.

— Merci, dis-je.

Je fais mine de m'y rendre, mais sitôt qu'il est rentré dans la salle où on danse, je refonce dans l'escalier et je grimpe quatre à quatre. J'entre sans frapper. Il y fait presque clair, la lumière est allumée en grand dans la salle de bains dont la porte entrebâillée laisse passer de quoi lire un livre sans lunettes de soleil. Je vais jusqu'à la salle de bains. Gaya est là, assise sur une chaise, l'air groggy, un sourire idiot aux lèvres. Elle est pâle, elle a les narines pincées.

— Gaya ! dis-je de ma voix normale. Tu es malade ?

Elle me regarde à travers un brouillard.

— Qui... qui est-ce... dit-elle.

— Francis, dis-je. Francis Deacon.

— C'est Flo !... soupire-t-elle. Flo avec la voix de Francis... il m'a pas volée, ce coup-là. C'est de la bonne.

Elle se met à rire, d'un rire à vous rendre malade.

— Gaya... qu'est-ce que tu as ? dis-je.

— Il m'a pas volée, répète-t-elle, pâteuse.

Je m'approche d'elle et je la gifle à la volée, pour la changer. Je jette un coup d'œil dans le lavabo. Non, elle n'est pas malade. Elle n'a pas bu. Elle ne sent rien. Ni l'alcool, ni la marihuana.

— Fiche-moi la paix, dit-elle.

Je la regarde de près. Elle a le nez pincé et des yeux comme des pointes d'aiguilles. La pupille complètement rétrécie. Ça me rappelle quelque chose. Je regarde autour de moi. Rien. Un de ses poignets est déboutonné. Je relève sa manche. Ça va, j'ai compris.

Il n'y a rien à faire pour l'instant. La coller dans son lit. La laisser digérer son truc. Morphine ou autre.

Parce que c'est ça qu'elle a sur le bras. Une bonne dizaine de petits points rouges, bruns ou noirs suivant leur degré d'ancienneté. Il y en a un tout frais. Une gouttelette de sang. perle encore sur la peau.

Voilà. Une fille de dix-sept ans. Bâtie comme une Vénus de Milo avec bras — peut-être que vous n'aimez pas ça, mais alors, vous n'aimez sûrement pas non plus une belle jument bien balancée — une fille avec des cuisses, des seins et un corps comme on n'en trouve pas des douzaines, et une belle tête de Slave, un peu plate, avec des yeux obliques et des cheveux blonds tout frisés. Et une fille qui a de quoi vivre, en plus de ça. Elle a dix-sept ans ; elle est comme ça et elle se fait coller des piqûres de morphine par un gars qui ressemble à un maquereau de bas étage... et qui est maquillé, en plus. Je vous jure. Elles se rendent pas compte. Je l'attrape et je la mets sur ses pieds.

— Amène-toi, sale gourde, je lui dis.

Je m'en fous pas mal, qu'on entre. Je suis habillé en femelle, oubliez pas... ça n'a rien de choquant de voir une vieille copine mettre au lit une autre vieille copine parce qu'elle a un peu trop pinté.

Si seulement c'était ça. Ma petite Gaya, un de ces jours, tu auras ma visite, et je te garantis que tu vas entendre quelque chose comme salade. Je lui enlève sa blouse de soie et son petit gilet serré — je ne sais plus comment ils appellent ça en France. Cette gourde s'est attaché une bande velpeau autour des seins pour que ça tienne moins de place. Zut... au fond, j'ai rien à dire. Moi j'en ai bien mis des faux. Je lui baisse sa petite culotte de velours et ses bas de soie. La voilà en tenue de conscrit de révision. Elle titube et je dois la soutenir pour l'empêcher de se casser la figure. Pas encore très habituée.

Je découvre son lit et je la fourre là-dedans telle quelle.

— Soir !... Flo... dit-elle.

Parfait. Demain, elle jurera que c'est Flo qui l'a mise au lit.

Je l'embrasse sur le sein droit, bien fort pour lui faire une belle marque de rouge à lèvres. Quand elle verra ça en se levant, ça va sûrement la gêner. Je n'insiste pas parce qu'elle a beau être inconsciente, je lui ferais bien des politesses. Mais à y réfléchir, ça ne vaut pas le coup. La vraie Flo m'attend dehors et elle a toute sa lucidité. Gaya dans l'état où elle est, autant faire ça avec une chaise. Et puis j'ai ma robe qui me gêne et j'aurais l'air idiot si on entrait.

Et zut et zut, j'ai horreur des drogués, quels qu'ils soient, Gaya ou autres.

CHAPITRE IV

Je retraverse la salle. Encore quelques couples éreintés ou ivres, les copains de Gaya. Les autres, les gentilles petites filles et les bons petits garçons, sont repartis depuis longtemps avec leurs parents ou leur chauffeur. Je sors. Flo est là-bas au bout du jardin.

— J'ai renvoyé le chauffeur, dit-elle. Je vous reconduis moi-même, ma petite Frances.

Je lui prends la main et la serre doucement. Ça la met dans tous ses états.

— Montez vite, me dit-elle.

Je monte. Elle a une jolie voiture. Je lui donne mon adresse. Elle conduit d'une main, l'autre autour de mes épaules. Si elle était tant soit peu moins abrutie, elle se dirait peut-être que j'ai les épaules un brin larges pour une fille. Preuve qu'elle a pas beaucoup l'habitude des filles. Elle a dû lire le rapport Kinsey, se dire que tous les hommes sont des porcs, et décider de s'adonner aux joies des amours anormales avec une personne de son sexe, douce et délicate et pas dangereuse à fréquenter.

Sa bagnole s'arrête devant chez moi. Les gens qui nous verront monter ensemble vont se dire que le petit Francis ne se refuse rien... pensez... deux d'un coup... Parce qu'elle monte avec moi, naturellement.

— Je vous raccompagne, me dit-elle, jusqu'à votre chambre. Je suis sûre que vous avez une chambre délicieuse.

Si elle ne s'aperçoit pas tout de suite que ma chambre est une chambre d'homme, c'est qu'elle n'a pas non plus tellement l'habitude des chambres d'hommes. Cette réflexion, contradictoire, est loin de me déplaire. J'ouvre mon sac — j'ai même un sac — et je prends ma clé — j'entre la première. Elle me suit et je referme la porte.

Ça y est. Elle ne peut plus tenir. Elle m'enlace par-derrière et ses mains se crispent sur les faux seins de maman. Ma parole, c'est de la belle imitation, je vous le répète. Si c'était à moi, je hurlerais comme un perdu. Elle m'embrasse dans le cou et elle tremble de la tête aux pieds. Pauvre Flo. Pas beaucoup l'habitude de ces horribles perversions. Je me dégage. J'allume et j'éteins à mesure que nous passons d'une pièce à une autre, voilà ma chambre. Je lui désigne un fauteuil.

— Posez votre manteau où vous voulez, Flo, lui dis-je d'une voix entrecoupée. Je vais chercher de la glace.

Je trouve de la glace et je reviens. Il y a à boire dans ma chambre. Comme je manipule l'interrupteur du living-room que je viens de quitter, je m'aperçois que tout est dans le noir, je n'y vois plus rien.

A tâtons, je pénètre chez moi et je pose le plateau sur la table. J'ai un peu l'idée de ce qui va se passer et, en douce, je défais quelques agrafes à ma robe. Elle s'enlève plus facilement qu'elle ne se met. C'est déjà une veine. Pendant que j'opère, j'entends du bruit dans la région de mon lit. Ça me gêne pour retirer ma gaine. Quand j'en suis au soutien-gorge, je rigole cordialement, mais en silence. Je décide de le garder, à l'exclusion du reste.

Je m'approche timidement du lit. La lumière de la rue éclaire très peu la chambre, car les rideaux sont tirés. Je me racle la gorge.

— Flo..., dis-je à mi-voix. Vous êtes là ? Vous ne vous sentez pas bien ?

— Non..., dit-elle, oppressée. J'avais besoin de m'étendre.

Je bute dans un tas de frusques et ceci me donne une idée de la tenue qu'elle a adoptée pour s'étendre. Une vraie tenue de gymnastique ; après, au moment où on prend la douche.

Allons. Pas tant d'hésitations. Cette petite Flo a vraiment de bien jolis yeux bleus.

Bleu saphir, comme je les aime.

Elle doit être étendue sur le lit, je vois la vague blancheur de son corps. Je m'approche. Je ne suis pas plutôt à portée de sa main qu'elle m'empoigne et me fait choir sur le lit.

Ouf. Un peu plus, et elle m'attrapait de façon à se rendre compte du subterfuge. Là, ça va encore. Je lui remonte ses poignets autour de mon cou. Je suis assis sur le lit, les jambes dehors, elle, étendue à demi relevée. Je me serre contre elle... toujours à cause des faux seins, qu'elle en ait pour son argent...

— Enlevez-le... dit-elle fiévreusement.

Ce coup-là, j'ai du mal à ne pas exploser de rire. Ses mains tripotent l'agrafe du soutien-gorge. Et voilà. Elle arrache tout.

Il faut agir. Il va être trop tard. Je flanque cet ustensile en l'air, je colle ma bouche à la sienne et je m'aplatis sur elle de tout mon long.

Ça va bien. Elle a l'air d'aimer les garçons aussi.

Et elle a l'air de savoir également les mettre à l'aise et les diriger vers les endroits adéquats.

CHAPITRE V

Il y a bien une semaine de tout ça et je me réveille par un beau matin de printemps, en plein mois de juillet, et ceci n'est pas si invraisemblable que ça en a l'air, car le printemps est aussi une qualité et il n'y a pas de raison pour qu'un jour de printemps ne prenne pas place à n'importe quel moment de l'année. J'ai quelques lettres. Ouvrons. La première me propose des cours de psychanalyse à un tarif ridiculement avantageux. La seconde me rappelle que l'école des détectives de Wichita, Kansas, n'a pas de rivale dans le monde entier, et la troisième, c'est un faire-part de mariage. Qui se marie ? ma bonne amie Gaya... Et l'heureux élu, c'est un certain Richard Walcott.

Bon, bon, bon. J'attrape le téléphone. Elle est chez elle.

— Allô ? Gaya ? Francis Deacon à l'appareil.

— Oh, Francis ! dit-elle.

Elle ne dit que ça, et d'un ton mi-figue, mi-raisin.

— Tu te maries, Gaya ?

— Je... je t'expliquerai, Francis, dit-elle, mais pas au téléphone.

— Bon, dis-je. Tu es levée ?

— Je... oui... mais...

— Je viens, dis-je. Tu m'expliqueras.

Je ne vois pas pourquoi je ne m'occuperais pas un peu de Gaya et de son mariage si le cœur m'en dit, hein ? J'ai toujours eu idée que c'est moi qui lui trouverais un mari, à Gaya. Alors, ça me taquine un peu de ne jamais avoir entendu parler du Richard Walcott déjà mentionné. Surtout, je voudrais voir la gueule qu'il a, ce Richard Walcott. Parce que si je laisse les parents de Gaya s'occuper du mariage de leur fille, ça va être un vrai crime ; ils s'en fichent éperdument l'un comme l'autre et ils ne sont jamais là. Et maintenant, vous allez constater l'utilité sournoise de ces réflexions : vous ne vous êtes aperçus de rien, et moi, je suis habillé.

C'est comme ça que ça se pratique.

Je descends, voiture, route, arrêt, escalier.

— Bonjour, Gaya.

— Francis, dit-elle.

Nous sommes dans sa chambre, décorée avec la folle simplicité chère à cette chère fille, c'est tout blanc et or et il y a un mètre de moquette par terre — un mètre d'épaisseur, vous me suivez.

— Qui c'est, Richard Walcott, je lui demande.

— Tu ne le connais pas, Francis.

Elle est assise à sa coiffeuse dans un machin en fil de fer doré et en satin crème qui est drôlement tarte. Elle s'astique les ongles avec une peau de zébi entourée de chrome. Ça peut pas leur faire du mal, ni aux uns ni à l'autre.

— Quand est-ce que tu me présentes, je demande.

— Francis, me dit-elle en me regardant, qu'est-ce que ça peut te faire ?

Je la regarde aussi et elle détourne les yeux. Elle a pas l'air franc, aujourd'hui, Gaya. Le beau cheval m'a l'air d'être devenu un beau cheval vicieux. Je m'approche.

— Donne ta main, ma beauté, je dis. Je remonte sa manche, ostensiblement, et je lui embrasse le poignet, juste là où il y a des traces de piqûres. Et puis, je rabaisse la manche et je lui rends son bras.

— Du moment que tu l'aimes, ma chatte, c'est parfait, dis-je en la regardant de nouveau à travers les rétines. Habille-toi, on va passer prendre Richard et on déjeune ensemble.

— C'est que... je dois... je devais déjeuner avec lui et un de ses amis...

— Son garçon d'honneur, je suppose, dis-je.

Elle acquiesce.

— Eh bien, c'est parfait, dis-je encore une fois. Tu me présenteras comme le tien et on va faire un bon petit gueuleton à quatre. Allez, hop.

Je l'empoigne sous les aisselles et je la mets sur ses pieds, et puis je lui flanque son déshabillé voluptueux aux quatre coins de la chambre, elle a l'air inquiet, un peu comme si elle allait se mettre à pleurer et tout me dire... mais elle se ressaisit.

Cette fille dans cette tenue, c'est un spectacle.

— Dans quel tiroir sont les soutiens-gorge ? je lui demande.

— J'en mets jamais, elle me dit, vexée. Tu trouves que j'en ai besoin ?

— Pas du tout, dis-je. Mais des machins comme ça, ça se garde sous cloche. Tu devrais en porter des en grillage.

Elle rit.

— Francis, elle me dit, je t'aime bien.

Elle a l'air un peu détendue. Je l'aide à s'habiller, comme ça, en copains. C'est ça qui était chic avec Gaya ; de temps en temps c'était un vrai camarade. Je ne suis pas amoureux d'elle, mais j'ai pas envie qu'on en fasse une garce — ou pire.

Je lui raconte des tas de fariboles et elle rit tout le temps. Elle brosse ses cheveux frisés devant une glace qui remplit tout l'espace entre les deux fenêtres, elle se colle un peu de rouge à lèvres, c'est tout, elle attrape un sac et des gants et elle s'arrête pile devant la porte de sa chambre.

— Ce n'est pas l'heure de déjeuner, dit-elle.

— Ça ne fait rien, dis-je, viens tout de même faire un tour.

Elle hésite.

— Tu me promets que tu ne feras pas de blagues, Francis ?

— Quelles blagues ? je dis, innocent et franc. Je veux t'emmener faire un tour et on sera là à l'heure précise où tu as rendez-vous avec ton fiancé. C'est juré.

Elle envoie balader tous ses soucis d'un geste du bras et elle fonce dans l'escalier. On descend le porche en deux enjambées et elle est installée dans la voiture au moment même où je démarre.

— On va aller bouffer des huîtres et boire du lait dans une baraque quelque part le long de la route, je dis.

Entre nous, j'ai idée qu'une cure de lait lui ferait pas de mal. Ça désintoxique, il paraît. Et c'est plein de vitamines. Et inspecté par le Gouvernement.

— Pourquoi tu te maries, Gaya ?

Elle hausse les épaules.

— Parle d'autre chose, Francis. Tu ne peux pas comprendre.

Je lui passe un bras autour des épaules.

— Si c'est que ça te démange tellement, ma Gaya, je lui dis, je suis quand même pas répugnant à ce point-là ?

Elle met sa tête sur mon épaule. Elle a une voix de petite fille. Elle est gentille, Gaya. Une vraie idiote, mais elle est jeune, ça se tassera.

— Francis, elle dit, tout ça, je n'y comprends plus rien moi-même. Parle d'autre chose... ça n'a pas d'importance. Ça s'arrangera.

La route est belle, il y a plein de fleurs et plein de bagnoles, ce qui prouve que c'est bien un matin de printemps, nouvel argument à l'appui de mon développement préliminaire.

On passe deux heures vraiment sympathiques dans un petit bistrot bien simple où on paye six fois moins ce qu'on aurait payé au Jager, à Washington, et je n'ai encore, malgré quelques nouvelles tentatives, rien pu réussir à tirer de Gaya. Elle est bouclée comme un coffre de la Banque fédérale, celui qui la fera parler sera plus malin que moi ; ce qui m'entraîne à conclure que c'est impossible parce que je n'aime pas cette idée de quelqu'un de plus malin que moi.

A mesure que l'heure avance, Gaya est un peu moins gaie tout de même. Elle regarde sa montre, elle est nerveuse, elle me regarde aussi et pas affectueusement. Je suppose que l'heure de sa dose doit approcher... Je suis doux et charmant, on remonte en voiture. Plus on se rapproche de la ville, plus elle devient calme et fébrile à la fois. Elle est excitée artificiellement, c'est désagréable à voir.

— Tu me conduis, dis-je.

— Tu sais où c'est, répond-elle. On a rendez-vous au Potomac.

— Au club ?

— Oui, dit-elle.

Je pige. Le Potomac Boat Club, c'est, comme son nom l'indique, sur le Potomac, en plein milieu de Washington, près du pont Francis Scott-Key. C'est un bon petit club bien snob, et le coup du bateau me paraît tout indiqué question drogue.

— On déjeune là-bas ? dis-je.

— On fait un tour sur l'eau et on déjeune, dit-elle.

— Parfait, dis-je.

J'appuie sur le champignon. Je manque de rentrer dans un tramway. Ça serait dommage, parce que les tramways de Washington n'ont pas leurs pareils... ils sont énormes et absolument silencieux, et si jamais vous voyagez dans un patelin qu'on appelle la Belgique (en Europe, paraît-il), vous comprendrez pourquoi je tiens à conserver au monde des tramways comme ceux de Washington. Et nous voilà au Potomac. Je gare la voiture, nous descendons, je suis Gaya, elle va vite, comme si elle voulait me semer — mais je le connais, le Potomac Club.

Elle rejoint deux gars à une table dans le bar du club. Moi, j'ai failli avaler mes molaires en les voyant.

Car un des deux, c'est celui que j'avais croisé sortant de sa chambre, chez elle. Le type maquillé. Quoi ? C'est ça le fiancé ? Non... la présentation me détrompe. C'est l'autre, Richard Walcott. Eh bien, je ne sais pas si celui-là se maquille aussi, mais je vous garantis que c'en est une... Et de taille. Une vraie folle de première grandeur. J'ai de la peine à ne pas éclater de rire. Présentations. Je ne serre pas la main qu'ils me tendent, ça doit être plein de crème de beauté. Et ces voix qu'ils ont... des gonzesses, des véritables gonzesses. C'est tout de même pas ça qui va épouser Gaya !...

Très peu de temps après, Gaya se lève, impatiente, et nous la suivons tous jusqu'au chriscraft rouge et blanc qui se balance près du ponton. Le soleil cogne dur et l'eau miroite à vous crever les yeux. Je plains les poissons. Quelle vie !

Au moment d'embarquer, Gaya se tourne vers moi.

— Francis, mon chou, dit-elle, j'ai oublié mon sac au bar. Tu ne veux pas aller me le chercher ?

Voilà. C'est comme ça qu'on possède un bonhomme. Et le bon Francis va chercher le sac pendant que la petite Gaya va se faire seringuer sa morphine.

— J'y vais, Gaya, dis-je.

Je ne veux rien brusquer pour le moment. Je regagne le bar. Rien sur la table.

— Mon amie a oublié son sac, dis-je au barman. Vous ne l'avez pas vu ? Vous savez, la grande blonde de tout à l'heure !

Il me regarde. Il a l'air de se payer ma tête.

— Votre amie avait son sac en sortant, dit-il. Elle m'a demandé des allumettes et elle les a mises dedans. Un sac en daim noir et rouge.

— Oui, dis-je. Excusez-moi. Ça doit être une blague.

Je sors en courant et quand j'arrive, le chriscraft est loin.

Très bien. Le prochain coup, je rentre dans la danse. Et le prochain coup, c'est maintenant. Car devant moi j'aperçois soudain la silhouette de mon frère Ritchie. Avec Joan et Ann, qui sont une jolie paire de souris. Ça c'est le hasard vengeur. Qu'est-ce que vous voulez, nous aussi, on est snobs.

— Tu as ton bateau, Ritchie ?

— Oui, dit-il. J'en sors. Je viens de le remettre au garage.

— Bien, je vais te l'emprunter, dis-je. La clé de ton box.

Il me la tend.

— Surveille la tension artérielle, Francis, me dit-il. Tu as l'air congestionné. Ne tombe pas à l'eau dans cet état-là.

— Merci, vieux... lui dis-je sans me retourner, en filant bon train vers le box.

Le chriscraft rouge et blanc vient de disparaître derrière l'île des Trois Sœurs. Mais le bateau de Ritchie va un tout petit peu plus vite... Il l'a racheté à un fou qui s'amusait à faire du tremplin, à traverser des murs de brique, et toute la gamme des divertissements de cet ordre. En dix tours d'hélice, j'aurai rattrapé Gaya.

Le moteur est encore chaud et il part au quart de tour. Entre parenthèses, le bateau de mon frère s'appelle *Kane junior*, personne n'a jamais pu dire pourquoi, d'ailleurs, je ne l'ai jamais demandé à qui que ce soit. Je me colle derrière le volant et je mets la sauce. Et quelle sauce. J'ai l'impression de crever le siège tellement je démarre sec...

Je ne suis pas précisément habillé pour ce que je vais faire, au fait. Ah !... dans le coffre avant, il y a une veste en toile huilée qui va m'aller comme un gant. Sans lâcher le manche, je m'en empare et je l'enfile tant bien que mal. Ça va déjà mieux. J'accélère encore. Je passe derrière l'île avec un beau virage. Où est le chris ? Tiens !... là-bas, arrêté... Il repart. Il a l'air de revenir. Ils ont dû stopper pour permettre à Gaya de se faire coller sa piqûre.

Je me dis comme ça qu'une bonne douche ne pourra pas faire de mal aux deux tatas et je vise. Soigneusement. Le type qui a vendu le bateau à Ritchie s'amusait, je vous l'ai dit, à traverser des murs en brique. Or, un chriscraft, c'est même pas en brique.

Je vais le prendre par l'avant. Ils auront le temps de se mettre à nager.

Il y a peut-être quelques spectateurs qui vont trouver ça drôle, mais faut pas se soucier des contingences... Ça ronfle, ma coque se dresse au-dessus de l'eau. A dix mètres du chriscraft, je coupe les gaz.

Rrrran... ça déchire la tôle et tout le bastringue, je manque me flanquer la poire contre le faux-pont et j'embarque assez de flotte pour noyer quinze canards. Le chriscraft commence à pencher vers l'avant. Ma douce Gaya est au jus et Walcott aussi et l'autre frère de même. Allons... soyons galant. Je redémarre, je me dégage du craft en marche arrière et je tourne autour pour repêcher Gaya.

Ça a dû lui couper à moitié l'effet de la piqûre... elle me lance un regard de férocité peu commune... je croche dans ce que je trouve et je lâche le tout dans le bateau. Quant aux petits fardés, ils se feront une raison. La rive n'est pas loin. Et il y a un tas de méchants cailloux par là.

Il y a aussi un patrouilleur gris de la police fluviale. Il a dû entendre quelque chose. En tout cas, il ne verra plus rien. Le chriscraft est en train de ramper sur le fond vaseux de notre Potomac national.

— Allons, Gaya, dis-je. C'est comme ça qu'on plaque les copains ?

Elle me répond par quelque chose de pas décent, et de pas répétable.

— Déshabille-toi, je dis. Et mets cette veste.

— Ramène-moi, Francis, dit-elle, les dents serrées. Ramène-moi au club tout de suite. Et ne me reparle jamais de ta vie.

Je l'attrape par les cheveux et je la retourne de mon côté. Le bateau bouge un peu. Un peu trop. Je la recolle par terre.

— Je vais te dire, Gaya, je continue. Tu as tort de fréquenter cette bande de tordus. Ton fiancé, je ne sais pas d'où elle sort, mais il est vilaine. Lâche tout ça et je te fous la paix. T'es pas d'âge à te droguer et

si tu veux des sensations, tu ferais mieux de me télé-
phoner quand tu n'as rien à faire.

Elle ricane, ce qui me vexe fort.

— Laisse-moi tranquille, dit-elle. On n'est pas
mariés ensemble, et je suis assez grande pour me
conduire toute seule. Occupe-toi de tes affaires.

A ce moment, j'accoste au ponton et, au ralenti, je
file vers le box de Ritchie.

— Tu vas trouver des frusques dans le placard en
tôle là-bas, je lui dis. Habille-toi et viens. Je te reconduis. Tes deux potes, ils sont en train de barboter et
tu ne vas pas les revoir avant huit jours, le temps
qu'elles se replâtrent la tronche.

Elle se lève et sort. Elle a pas l'air d'aplomb sur ses
jambes et je m'apprête à la soutenir, mais la fichue
bourrique m'a feinté, parce qu'au moment où je mets
le pied sur le ciment, elle se baisse, m'attrape la
jambe et me flanque dans la flotte où je vous garantis qu'il y a assez d'huile pour faire marcher le *Queen
Elisabeth* de New York à Londres.

Quand je m'extirpe de cette marmelade, j'ai une
bosse au crâne qui pousse à vue d'œil, comme un
petit ballon ; j'en conclus que je me suis cogné en
tombant, et je commence à me déshabiller pour
changer de vêtements. Heureusement Ritchie est de
ma taille à peu près, sauf qu'il porte des lunettes, et
ceci n'est point gênant en l'occurrence. Il y a un vieux
bout de savon sur le lavabo, c'est pas un luxe ; j'enlève le plus gros de mon maquillage au mazout et je
trouve un vieux pantalon et un chandail. Mes souliers sont trempés, tant pis... je les enlève, je les vide,
je tords mes chaussettes, et je remets le tout. Confortable. Je sors et je regagne le bar du club. Je bois un
bon café noir bien sucré, je suis très en forme.

Je sors. Voilà ma voiture. Gaya s'est évaporée.

Que la vie est simple... Non ! la garce. Mes quatre
pneus sont à plat.

CHAPITRE VI

Quand je suis bien baigné, bien lotionné, bien récuré, bien sec et bien peinard sur mon divan, je réfléchis et je me dis tout de même que cette histoire de me crever mes pneus, c'est pas bien méchant. Ça m'a retardé d'une demi-heure et on a toujours une demi-heure de trop, surtout quand on ne fiche rien ; tout compte fait, si ça a pu soulager Gaya, je lui devais bien cette petite compensation.

Je suis en train de relire un roman policier doux comme tout, vu qu'en onze pages, on arrive à peine au cinquième meurtre, et le téléphone se met à sonner. J'allonge le bras et je décroche.

— Francis ? ici Gaya.

— Tiens, dis-je. Tu veux me vendre des chambres à air ?

Elle rit.

— Non, Francis. Je regrette... J'étais très nerveuse...

Le jour où elle sera en colère, alors, ça va être marrant. Je peux plomber mon capot.

— Francis... Je veux sortir ce soir... voudrais-tu m'accompagner ? Je te prends chez toi... ça me ferait plaisir... heu... qu'on se réconcilie.

Ça m'épate, vu l'état dans lequel je l'ai laissée. Mais après tout... elle était sous l'effet de sa saloperie. Nous prenons rendez-vous et je raccroche... et je voudrais bien savoir ce qu'il y a là-dessous. Je tue le temps à grands coups de whisky au citron, ça le tue bien. Je m'habille... ça fait combien de fois que je m'habille, aujourd'hui. Je suis mignon comme tout dans mon smoking bleu nuit, jamais on ne reconnaîtrait l'affreux pouilleux plein d'huile de tantôt.

Je prends mon feutre idoine et me voilà dehors. Une minute avant l'heure du rendez-vous.

Une minute après, pile, Gaya s'arrête devant moi

dans sa décapotable ; j'attrape le bord et je saute à côté d'elle sans ouvrir la portière. Un truc que je vous recommande ; ça fait juste mal aux mollets les dix premières fois, et on peut déchirer son falzar sur la poignée la onzième, mais l'effet est garanti.

— Où va-t-on ? dis-je.

— Au Fawn's, répond-elle.

— Pourquoi pas ? dis-je.

Elle est gaie comme un cent de pinsons. De temps en temps, elle me lance un coup d'œil de côté, et nous éclatons de rire en même temps. On nous donnerait trois ans. De moins.

Elle tournicote dans pas mal de rues, mais grosso modo, j'arrive à reconnaître l'endroit, surtout quand on passe près de Thomas Circle, au coin de Vermont Avenue et de Massachusetts. On redescend encore vers le sud, mais on reste dans N.W. et elle stoppe devant un machin sans apparence du côté de Farragut Square. C'est elle qui me conduit, je colle à ses talons. On entre dans une salle vide, c'est au sous-sol, on descend un escalier à peine éclairé, et nous y voilà.

Ça, ça m'aurait étonné. Je regarde les gens qui sont là, dans une sorte de bar snob, avec stuc, fer forgé, matière plastique et projecteurs, et je pige. Je pige drôlement. Si une seule des bonnes femmes qui sont ici a jamais couché avec un homme, alors moi je suis une méduse ; et si ces gars-là taquinent le sexe opposé, Washington vendait du popcorn. Des gouines et des tatas, voilà le public... et je me sens gêné. D'ailleurs, je dois à la vérité de dire qu'il y a en tout trois hommes pour une douzaine de femmes... de ce que vous voudrez plutôt, parce que ça n'a guère de nom, ces sœurs-là.

Revoilà Richard Walcott et revoilà son acolyte — vous ai-je dit qu'il s'appelait Ted Le May ? joli nom, hein... et il y ressemble. Le troisième

« homme » est du plus beau blond, grand et costaud. Pouah ! il doit être mou comme une limace.

Quant aux filles... vous savez ce que c'est comme genre. Et naturellement, y en a qui ont des lunettes pour couronner le tout. Ce que je ne pige pas bien, c'est comment la police ne ferme pas un truc comme ça. A Washington, c'est un peu surprenant.

Bah... pas de questions. Protections.

Le Walcott me sourit aimablement, il n'a pas l'air fâché. Je suppose que son chriscraft était assuré. Ou pas à lui. Ou qu'il joue la comédie. Je m'assieds. Pourquoi diable cette bourrique de Gaya m'a-t-elle amené ici ? Elle est à côté de moi. Entre nous deux, son sac à main. Je m'aperçois qu'il est entrouvert et je jette un coup d'œil pendant qu'une femelle à hurler d'horreur nous apporte des verres.

Il y a dans le sac de Gaya une petite liasse de billets... mais de gros billets.

Pas besoin de regarder deux fois. Elle a là dix mille dollars en feuilles d'un mètre.

Négligemment, je fais ce qu'il faut, et, en cinq sec, c'est dans ma poche. Maintenant, il me faut un prétexte pour aller prendre l'air cinq minutes. Je me lève et je fais celui qui va sortir.

— Où vas-tu, Francis, dit Gaya en me retenant par le bras.

— J'ai laissé mon portefeuille dans la bagnole, dis-je.

— Mais tu reviens ?

— Sûr !

— Je vous accompagne..., propose un des garçons.

— Je reviens, je vous dis...

En deux et six marches, je suis dehors. Je fourgonne un peu dans ma boîte à outils, puis sous le capot, et ça y est. C'est réglé.

Reprenons le chemin du sous-sol. Gaya avait l'air bien embêtée de me voir partir. Elle est toujours là et me regarde arriver avec un certain soulagement.

A quoi servaient ces dix mille dollars ? A payer la livraison suivante, sans doute. Ou à étouffer quel chantage ?

Où Gaya a-t-elle pris ces dix mille dollars ?

Ils sont tous là, ils bavardent. Une vraie conversation follement simple, où il est question de tout sauf de ce qui peut avoir un intérêt pour des gens normaux. Tiens, le grand garçon blond a changé de place. Il est tout près de moi, maintenant, un peu en retrait.

C'est marrant. L'atmosphère est comme qui dirait tendue.

On parle de bateaux, maintenant, et du Potomac. Et de baignades dans le Potomac. Et d'un chriscraft rouge et blanc.

Et Richard Walcott me fait vraiment une drôle de gueule. Quant à Ted Le May, il abandonne toutes ses jolies manières. Pas de doute. Ces deux-là m'en veulent un peu.

— C'est pourquoi, conclut Richard, nous avons demandé à Gaya de vous amener ici ; et nous la remercions de l'avoir fait.

— Excusez-moi, dis-je, mais je n'ai pas bien compris vos motifs. Vous n'en êtes pas à un chriscraft près... avec toute la drogue que vous vendez...

C'est un coup que j'ai l'air de lancer au hasard, mais ça jette un froid.

Par contre, un coup qui n'est pas du tout au hasard, c'est celui que je reçois sur le crâne. Le grand blond que j'avais oublié. Est-ce qu'il l'a fait exprès ? Je n'en sais rien, mais il a visé juste sur la bosse que je me suis faite en tombant après mon équipée de ce matin.

Je me doutais que ce coquin-là avait des muscles en dentelle. J'encaisse, un point, c'est tout. Et histoire de me distraire, je soulève la table et je la flanque à la figure de Walcott. Décidément, je n'aime pas ce type-là. Je constate avec plaisir que ça lui arrive en plein blair. Il va être obligé de passer à l'institut de beauté.

Le bar s'est vidé tout de suite. Je suis seul contre la bande.

Gaya est là, à ma gauche. Le blond, à ma droite, a été un peu décontenancé par un bon coup de soulier dans le menton. C'est à leur figure que j'en veux, on dirait.

J'empoigne le sac de Gaya. C'est une jolie feinte. Et je fonce vers l'escalier. Il faut autre chose que trois lopes pour venir à bout du petit Francis.

Ouais. Seulement, sur l'escalier, il y a un nouveau genre de malabar.

Un type horrible. Il est roux, il a le crâne en pointe ; il est velu, il a l'air d'un ours ; il pèse au moins deux cents kilos et il est très méchant ; ça se voit à ses petits yeux de cochon enfoncés dans son lard.

Je reçois divers coups de tabouret dans les côtes. Rien de sérieux. Mais le gros, c'est sérieux. Il faut choisir.

Je me décide. Je redescends l'escalier. Feinte. Je me retourne brusquement, lance le sac par-dessus le gros et je lui fonce entre les jambes au moment où il descend à son tour. Bon Dieu... jamais je ne passerai. Ce gars a des cuisses comme des pattes d'éléphant. Hi ! je soulève... ça passe, c'est passé. Il dérouille. J'entends glapir, c'est Ted qui a dû recevoir son ami sur le pied.

Ah ! me revoici au rez-de-chaussée. Ici, un petit ennui. Tout ce qui ressemble à une porte a l'air hermétiquement clos.

J'ai ramassé le sac à main. Voyons cette porte. Non ! il y a plus pressé. J'empoigne quelques chaises et je les expédie dans l'escalier, parce que j'ai idée que ça essaye de remonter par là. Tout se passe assez vite, il n'y a rien à dire. On n'a pas le temps de s'ennuyer.

Un lourd tabouret de chêne à la main, je cogne sur la serrure du dehors. C'est de la camelote. Ça cède.

Mon crâne aussi. Je tombe dans les pommes.

CHAPITRE VII

Vous ne croyez tout de même pas que je vais rester dans les pommes assez longtemps pour que vous ayez le loisir d'aller boire un verre au bistrot du coin. Non. En plus, ils m'ont versé une bouteille de Seven-up dans le cou, et je vous assure que ça réveille. Ça doit être les bulles.

Je suis en bas. Par terre, il y a un tas. C'est le gros rouquin. On dirait qu'il s'est fait mal en tombant. Il ne bouge guère.

Il y a aussi Ted Le May qui se tient un bras, Walcott qui saigne du nez et Gaya qui ne dit rien.

L'autre grand blond, lui, est gêné dans la mâchoire et il me regarde d'un sale œil.

Moi, à part ça, j'ai la cafetière en compote et je suis attaché sur une chaise. Système suranné.

— Francis, dit Gaya, où as-tu mis les dix mille dollars ?

— Lesquels ? je demande.

Tiens, ça me fait mal quand je parle.

— Ceux qui étaient dans son sac, sale ordure, me dit le grand blond.

Il ajoute un coup de pompe dans le nez.

Tant pis, il l'a voulu, je lui crache dans l'œil. Je ne peux rien faire d'autre. Il n'est pas content et je reçois un second coup sur le blair, mais ça ne fait rien, je veux être de la distribution, moi aussi.

— Qu'est-ce qu'il a, le gros ? je demande.

— Il est un peu abîmé, dit Walcott, et bientôt tu vas l'être aussi.

— Oh ! dis-je. C'est pas possible. Vous êtes trop chou pour me faire du mal, quand même.

— Francis, dit Gaya, où as-tu mis les dix mille dollars ?

Gaya est affolée. Elle va avoir une crise.

— Je ne les ai pas pris, dis-je, et en tout cas, comme je vais mourir bientôt, ne me trouble pas avec de mesquines questions d'argent.

Bing ! je prends un coup de pied de chaise sur la joue droite. Salaud. C'est Le May. J'ai idée que mon os a craqué. Je crache rouge. Ça fait mal.

— En tout cas, je peux te dire une chose, dis-je. C'est que moi disparu, les dix mille dollars que je voulais te donner en cadeau de mariage sont loin.

Ça y est. Ça me manquait. Un soulier en pleine poire, avec un pied dedans. Le pied de Walcott. Bénie soit la mode des semelles minces. Vous voyez ça, si on était aux sports d'hiver.

Quand même, je saigne du nez à réjouir un marchand de viande kascher. Bientôt, je vais être bon à débiter comme du veau.

Gaya s'interpose.

— Laissez-le.

— Penses-tu, dit Richard. Il a le crâne solide, ce cochon-là.

— Ça m'est égal que vous tapiez dessus, dit Gaya, mais je veux qu'il me rende mon argent.

Pauvre gosse. C'est vache, ce qu'elle dit, mais elle est tellement à la merci de ces sales mecs, que j'ai pitié d'elle quand même. Faut-il que ça la tienne, sa drogue.

— Gaya, dis-je, fais-moi sortir de là et demain, tu auras dix mille dollars chez toi. Je ne sais pas de quel argent il s'agit, mais tu étais ma copine et, au fond, tu n'es pas responsable de l'existence d'une bande de tordus comme ces trois folles.

Crac ! ça ne loupe pas. Ils ne savent plus où cogner, c'est ça qui me sauve. Tout à l'heure, s'ils cherchent un coin intact, ils vont être obligés de s'assommer mutuellement.

Maintenant, j'ai du mal à parler et j'ai envie de vomir. Je me sens pas très flambard. Je m'efforce.

— Gaya, je dis, je ne demanderai rien à ces trois salopes. Si tu peux quelque chose, fais-le. Sinon, mon frangin racontera ce que je lui ai dit sur cette histoire.

J'ai honte de mettre Ritchie dans le coup, parce que c'est pas ses oignons, parce qu'il a ses études et parce que je me suis fourré moi-même dans ce pétrin. Aussi parce que j'aime bien mon frangin et je ne voudrais pas qu'il lui arrive quelque chose. Mais c'est ma seule carte. Les trois sont tellement en rogne contre moi qu'ils en sont au point de perdre dix mille dollars pour se venger.

La grêle s'arrête. Gaya leur parle. Je comprends plus grand-chose. On me délie. Je me lève, ça va mal. Ils reculent et ça me fait marrer, mais pas longtemps, parce que je retombe assis et parce que quand je me marre, j'ai l'impression que ma bouche s'ouvre dans trois directions à la fois.

En somme, j'ai pris une bonne raclée. Mais je voudrais bien que le gros rouquin se réveille. Comment je l'ai sonné !...

— Bouge pas ! me dit Walcott.

Je le regarde. Il a un pétard à la main. Je pourrais courir le risque, il doit tirer comme une cloche... mais vaut mieux pas, s'il visait mal il serait capable de m'avoir.

— Merci, Gaya, je dis, pour vexer les autres.

— Ne me remercie pas, Francis. Tu m'as fait plus de mal que tu ne crois, et je les aurais bien laissés te descendre... mais j'ai trop besoin de cet argent.

— Tu es sûre qu'ils ne te l'ont pas fauché ?

Je crâne, mais j'ai tort. Il restait des pieds de

chaise. Seulement, ça fait cinq minutes que je suis debout et mes fourmis sont parties. C'était Ted Le May, le dernier marron... en un saut je le tiens et je m'en sers comme de bouclier contre Walcott. Tire toujours, mon vieux.

Ted n'aime pas ça. Il gigote, mais je le tiens un petit peu. Je surveille le troisième, le grand blond, du coin de l'œil et je m'aperçois en ce moment que le rouquin se met à bouger. Ça va, il n'est pas mort, c'est tout ce que je voulais savoir... mais maintenant, faut pas non plus qu'il se relève trop vite. Je prends Ted par le col et la ceinture et je tire pour lui faire mal, puis je l'expédie de toute ma force sur Richard. Il y a un coup de pétard qui part et un glapissement de canard. C'est le grand blond qui a écopé, en plein dans la fesse, c'est parfait ; nom de nom, le gros rouquin grouille de plus en plus... je file vers l'escalier. En partant, je crie :

— T'auras ton argent demain, Gaya. Promis.

J'arrive en haut, c'est la seconde fois et cette fois, c'est la bonne. Voilà ma bagnole... J'y grimpe en vitesse. Au fait, je me suis pas aperçu que je passais par la porte... je l'avais bien cassée, tout à l'heure, pas d'erreur. Le pied sur le démarreur... Je pars en troisième parce que je suis pressé... Ouf...

CHAPITRE VIII

Je fais cinquante mètres à toute pompe et je commence à me sentir mieux, et puis tout à coup je sens quelque chose sur le cou, au-dessus du col — c'est froid et c'est dur. — Et voilà qu'on parle. Quelle voix ! ... encore une tante ?

— Ne bougez pas... ne vous retournez pas. Continuez à rouler par là...

Je ne me retourne pas, parce que j'ai idée que le truc sur mon cou, c'est loin d'être bon pour ma santé, mais je suis pas bigleux et je jette un petit coup d'œil dans le rétroviseur. Tiens... je croyais que c'était un homme... mais c'est une femme... Oh, ça va bien... avec une voix comme ça et une dégaine comme ça, c'est sûrement une nièce de cette dénommée Sapho qui écrivait des cochonneries en grec pour que personne ne les comprenne... un reste de pudeur, quoi...

— Qu'est-ce que je peux faire pour vous ? je demande.

— Moi, dit-elle posément, je ne risque rien. Mais, à votre place, je m'occuperais de mes oignons.

— Tout le monde me dit ça, je dis, et je suis pourtant le gars le plus discret de la terre. Si vous connaissiez Tom Collins...

— Assez de conneries, elle me dit. On n'est pas en train de jouer un film.

— Sûrement pas, je lui réponds. Dans un film on se serait déjà embrassés au moins trois fois. Et, entre nous, ça me ferait drôlement plaisir.

Et paf ! je prends un coup de crosse sur la théière. Si ils continuent, ce soir, je vais avoir la tête comme une vraie citrouille.

— J'ai dit : assez de conneries, et je le répète. Et quand je dis quelque chose, j'aime bien qu'on y fasse attention.

— Vous m'emmerdez, ma jolie, je réponds. Et d'abord, on n'a pas été présentés. Si vous ne me dites pas qui vous êtes, je flanque la bagnole dans le premier flic que je rencontre et on verra comment vous vous dépatouillez.

En même temps, je file un coup d'accélérateur à la Cadillac, mais la saleté ne se dégonfle pas et elle

40

me balance une paire de beignes de derrière les fagots, à croire qu'elle a été institutrice à l'Assistance publique.

— Vous êtes une charogne, je dis.

— Tournez à droite.

Je ne sais pourquoi, j'obéis. Par là, on sort de la ville.

— Je vais vous dire comment je m'appelle, elle fait. Louise Walcott.

— Ah !...

Je fais semblant de me rappeler.

— Vous êtes la mère de cette sale tante...

Là, je gueule et je saute en l'air parce qu'elle m'a planté une épingle dans le râble. La Cadillac remue et j'en profite pour essayer quelque chose, mais cette sacrée bougresse a un drôle d'œil.

— Rallumez vos feux, elle dit. Et n'essayez pas de m'avoir en vous faisant mettre dedans par un flic, car je vous descends aussi sec, et lui avec.

Description de la fille : physique avantageux, brune, teint mat, cheveux courts, bouche dure.

A mon avis, cette môme-là est complètement ravagée. Elle a trop écouté la radio.

— Je suis la sœur de Richard Walcott, elle continue. Et Richard fait ce que je lui dis. Et la souris dont il s'occupe, c'est moi qui lui ai dit de s'en occuper.

— Je m'en doute. Lui, avec la dégaine qu'il a, il préférerait sûrement les petits marins.

— Chacun son goût, elle fait. En tout cas, vous pouvez dormir sur vos deux oreilles, personne ne vous fera jamais de propositions.

Ah ! elle cherche à me vexer. Eh ben, on verra si personne ne m'en fait. A condition que je sorte de là.

— Ce soir, elle dit, je vous ai fait venir pour qu'on vous abîme un peu le portrait. C'est quand j'ai vu que ça tournait mal que je suis montée dans votre bagnole. Parce qu'il fallait tout de même que vous soyez prévenu. Vous avez beau vous appeler Francis

Deacon, une petite leçon vous sera très utile. Evidemment, on ne vous descendra pas tout de suite et pour ce qui est de vous amocher, c'est pas mal parti ; mais peut-être qu'on peut encore améliorer ça.

Et là-dessus, elle me cogne le crâne comme si elle voulait sonner le tocsin. La vache, elle a bien choisi son moment, en plein dans un virage. Je lâche le volant et je me prends la tête à deux mains, et naturellement la bagnole va dans le décor. Heureusement, j'ai eu le réflexe de freiner mais j'allais trop vite. J'ai juste le temps de mettre mon coude devant ma figure pour ne pas rentrer dans le pare-brise.

Ça fait un bruit effrayant quand je bute dans la vitrine et j'écrabouille des kilomètres de saucisses.

Quand je reprends mes esprits, je constate que la sale garce a foutu le camp et qu'il y a au moins quarante mecs autour de ma bagnole, et il y en a un qui râle plus fort que tous les autres. C'est sûrement le patron de la charcuterie. Ben, je suppose qu'il est assuré ; quant à moi, je prends le parti le plus sage et je tombe dans les pommes pour la galerie. On m'emporte, on m'installe confortablement dans une ambulance et je ne pipe pas. Tout me tourne dans la tête, les sirènes des flics, les rouquins, les tantes, ça fait un de ces cocktails... au fait, j'ai pas compté le nombre de coups que j'ai reçus sur le crâne... ça, ça m'achève... je repars pour de bon...

CHAPITRE IX

Naturellement, avec du fric, tout se tasse, même une Cadillac dans un étalage de cochonneries, et dès le lendemain, je ne me soucie plus de l'histoire. Ils ont pu constater que je n'étais pas ivre et j'ai expliqué l'accident par une saleté qui m'est entrée dans l'œil au moment de prendre le virage. Je crois que mon paternel a du pognon dans la compagnie d'assurances, ça arrange toujours les choses. Ce que ça n'arrange pas, c'est ce qui me sert de crâne, il y a plus de bosses que du reste et quand je mets mon chapeau, l'effet est saisissant, pour moi et pour ceux qui me regardent. Bref, comme j'ai pas besoin de garder mon chapeau dans ma chambre, je me console et je regarde Ritchie, mon frangin, qui essaye de préparer des highball à mon bar. Jamais j'ai vu un type plus maladroit que Ritchie ; quand je pense qu'il fait sa médecine, je tremble pour les malades. J'espère qu'il sera psychiatre, les pires tartes arrivent toujours à se débrouiller dans cette branche-là, il suffit de s'arranger pour être plus cinglé que le plus cinglé des malades qu'on a à traiter. Enfin, Ritchie vient à bout de sa délicate manœuvre et il me tend un verre, dont je flanque la moitié sur ma chemise. Moi, j'ai une excuse, j'ai un faux-filet d'une livre sur l'œil droit et chacun sait que ça vous fait perdre le sens des distances de n'y voir que d'un œil. En tout cas, je trouve déplacé qu'un frère plus jeune que vous se permette de se payer votre tête de cette façon sordide.

— Ritchie, je dis, quand tu te seras fait casser la figure comme ton petit frère, tu trouveras ça moins drôle.

— Je n'ai aucune raison, il répond.

— Ben, à ta place, Ritchie, je n'en serais pas si sûr. Je regrette, mais je t'ai mis dans le bain. Un moment d'égarement.

Ça n'a pas l'air de l'émouvoir plus que ça. Ritchie, au fond, c'est un gars au poil. Je lui raconte tout le truc et il ouvre des châsses à y faire passer le Potomac.

— En somme, je conclus, ils vont me foutre la paix jusqu'à ce soir en attendant que je renvoie les dix mille dollars à Gaya. J'ai idée que ça chauffera dur. Et pour nous deux.

— Et qu'est-ce qu'on fait des dix mille dollars ? demande mon frangin.

Ça va, il comprend vite.

— On s'en sert pour trouver une nouvelle crèche, je dis. Et pour acheter tout ça. Car il faut, d'une part, se planquer, d'autre part, se camoufler.

Je lui tends une liste que j'ai faite pendant qu'il triturait le whisky et la flotte. Ce coup-là, ses hublots vont lui tomber du tasse-broques avec un bruit métallique.

— Qu'est-ce que tu veux faire de ça ? dit-il, tu as des poules à entretenir ?

— C'est pour nous, je dis.

— Quoi ? des robes, des soutiens-gorge, des, oh... Francis, tu attiges. Jamais j'oserai demander ça dans un magasin.

— Tu vas emmener une de tes copines, je dis. A partir de demain, je m'appelle Diana et toi Griselda. Note bien que tu peux trouver un autre nom.

— Francis, il fait, tu es sinoque. Ils t'ont trop cogné sur le cassis.

— Mince, je dis, tu préfères qu'on te retrouve en petits bouts. Ecoute. C'est tous des tatas et des lesbiennes, ces gars-là. Si cette Louise Walcott dirige vraiment la bande, tu peux parier ta chemise qu'on n'a aucune chance de rien savoir en restant des hommes ordinaires. Alors tant qu'à faire, je préfère me maquiller en gousse. On aura peut-être une bonne compensation de temps en temps.

Il réfléchit cinq minutes.

— Au fond, il dit, tu as probablement raison... Mais, bon Dieu, tu me vois demandant des seins en caoutchouc dans une boutique ?

Il rougit jusqu'aux oreilles. Ben mince, ils sont pas très dessalés, les étudiants en médecine.

— Casse-toi, je dis, et affole un peu, parce que, je

suis tranquille, ils perdent pas leur temps, eux. Téléphone à Ann, elle t'aidera.

— Est-ce que je peux te demander pourquoi tu veux te mêler des affaires de Gaya ? il dit avant de partir.

— C'est une copine, je réponds, et ça m'embête de la voir devenue si ballot.

— Mais c'est pas ton boulot. Si tu prévenais la police ?

— Ça t'amuserait ? je demande.

— Oh ! je les aime pas, dit Ritchie. Mais c'est marrant que tu t'occupes d'elle comme ça.

Il me regarde, soupçonneux, et sort en haussant les épaules. C'est quand même un chic gars, Ritchie. Et c'est aussi une veine que la mode soit revenue aux cheveux courts. Mais je trouve marrant que tout ça ait commencé avec le bal costumé chez Gaya. Je regarde mes pattes. Les poils ont pas encore repoussé, ça va...

Et puis, je me mets à me fendre la pipe tout seul, en pensant à la gueule que Ritchie va faire chez le Chinois de maman quand il lui enlèvera les siens, de poils. Je m'arrange pour rester impassible en rigolant parce que ça fait plus Sioux, et c'est plus sûr pour mon crâne.

Là-dessus, le téléphone sonne. C'est toujours comme ça, cet outil de malheur vous gâche vos meilleurs moments. Je décroche en râlant.

— Allô, je fais. Ici moi-même.

— Francis Deacon ? fait une voix.

Ça, je reconnais. C'est une dénommée Louise Walcott.

— Qui est à l'appareil ? je dis. Le Président ?

— Pas de conneries, elle continue. Louise Walcott à l'appareil. Et je téléphone d'une cabine, pas question de flics, hein. Ces dix mille dollars, c'est pour quand ?

— On s'en occupe, je dis.

— Ça sera là avant cinq heures, ce soir ? elle demande. Parce que sinon, ça va déménager.

— Vous êtes une vraie salope, je réponds.

Et je repense à ces dix mille dollars... mais sacré nom de oui parfaitement, ils sont toujours sur la bagnole... ficelés à la colonne de direction avec du chatterton.

— Gaspillez pas votre salive, dit Louise. Si c'est tout ce que vous avez à me dire, ça peut rester au frais. Sinon, on s'y met. Ça vous a déjà coûté une bagnole, et ça peut aller plus loin.

— Ça ne fait jamais qu'une bagnole contre un chriscraft, je dis. Je suis encore gagnant. Et j'ai les dix fafs. Pas oublier.

Tiens, on dirait qu'elle se met à fumer. Je me marrerais bien mais j'ai peur que ça ne me fasse mal à la tête comme tout à l'heure.

— Espèce de petite gouape, elle fait, tâche de ne pas faire l'œuf, ou gare à tes fesses.

— Je risque rien, je dis. Moi je suis hétérosexuel.

Elle raccroche sec. Mais bon Dieu, ces dix mille dollars, j'avais complètement oublié. Pas de blague... je veux bien tâcher de sortir Gaya de la mélasse, mais pas avec mon fric à moi. Bon. Faut que je m'habille un peu plus convenablement et que j'aille chercher ces feuilles d'un mètre.

Je me grouille. J'ai mal partout, pas d'erreur. Pas trop mal. La forme est possible. Je peux encore en dérouiller une paire ou deux. Mais je ne peux pas réfléchir trop fort.

N'empêche, ça m'embête d'avoir mis Ritchie dans le coup. Je lui dois bien une compensation. Je redécroche le téléphone et je compose le numéro du Chinois.

— Allô ! Ici Francis Deacon. Vous pouvez venir chez moi ? J'ai du boulot pour vous.

Il baragouine quelque chose au bout du fil. Sacré Wu Chang ! Ah ! ces Chinois...

— Oui, je réponds, c'est encore un bal costumé. Pas moi, mon frangin. Si je suis pas là quand vous arrivez, entrez et attendez-moi. Je vous laisse la clé sous la moquette de la dernière marche. Venez vers deux heures.

Bien. Voilà une affaire réglée, et je vais m'en payer une tranche en voyant la tête de Ritchie. Je prends mon bitos et je descends. Un taxi passe. Je le stoppe. Il est pour moi. Au fait, où est-ce que je vais ?

Je m'aperçois tout d'un coup que je ne sais pas du tout ce qu'ils ont fait de ma bagnole. Ben, on va bien le savoir.

— Arrêtez-vous au premier flic que vous verrez, je dis au chauffeur.

— Ça, il répond, je refuse. Pas mon taxi.

— Mais je veux juste lui demander un tuyau, je dis. Au fait, peut-être que vous sauriez. Hier, j'ai foutu ma bagnole dans une charcuterie, rapport à une soucoupe volante qui m'était entrée dans l'œil. Je suppose qu'ils l'ont pas laissée là, parce qu'elle gênait un peu la circulation. Est-ce que vous savez où on les met ?

— Ça, il me dit, le chauffeur, j'en sais foutre rien. Mais peut-être qu'un flic le saura.

— C'est pour ça que je vous demandais de m'arrêter au premier flic venu, je réponds.

— Oui, mais je les aime pas, il dit, le chauffeur.

— Bon, je réponds. Va te faire foutre et arrête-moi ici. Je descends.

— Mais j'ai pas encore démarré, si vous avez remarqué, dit le chauffeur.

— Eh bien ! alors, tu peux te l'accrocher pour le prix de la course, je dis.

Et je hèle un autre taxi qui passe. Lui, il s'arrête pas. Encore mieux. J'y vais à pied. Y a sûrement des flics dans cette ville, toutes les fois que je brûle un feu rouge, j'en ai une demi-douzaine à mes trousses.

Ah ! en voilà un.

— M'sieur l'agent, je dis, je voudrais savoir où on met les bagnoles accidentées.

— Z'avez été accidenté ? il dit, en sortant son carnet.

— Oui, je réponds. Hier. Je suis entré dans une charcuterie.

— Où ça ? il fait.

— Ça n'a pas la moindre importance, je dis, la bagnole n'y est sûrement plus. Je voudrais savoir où on les met après ?

— Qu'est-ce que vous allez en faire ? il demande. Je suppose qu'elle ne marche plus.

— Ça, je dis, ça me regarde.

— L'assurance a payé ? il demande.

— Oui, je dis.

— Alors, c'est plus votre bagnole, il dit. Vous aviez bu ?

— Non, je fais. J'ai une saleté qui m'est entrée dans l'œil.

— Ouais... il dit en rentrant son carnet. C'est ce que disent tous les poivrots.

— Je vous emmerde, je réponds poliment, et je me casse.

Y a pas à dire, quelle race de c...

J'ai pas fait deux mètres que j'ai l'impression d'un tremblement de terre. Je lève le nez. Non... rien ne bouge. C'est moi qui remue. C'est le flic, plus exactement, qui me secoue.

— Qu'est-ce que vous avez dit en vous en allant ? il me demande.

Peut-être que j'ai déjà attiré votre attention là-dessus, mais je suis patient. Si j'ai dit à ce flic je vous emmerde, c'est que je le pensais, et où est le mal ? Moi je trouve que rien ne vaut la franchise.

— Ecoutez, je fais, vous m'avez traité de poivrot et je vous ai répondu ce que je vous ai répondu. C'est vous qui avez commencé, hein ? Alors bouclez-la et laissez tomber parce que ça pourrait vous faire du tort. Faites ça où vous voudrez, mais pas à Washington. Et puis je ne bois que du Perrier.

Ce coup-là, il ne dit plus rien. Bon Dieu, qu'il a une sale gueule. Je vois le moment où il va m'emmener au quart. Non. Il grommelle et me laisse partir.

Un téléphone maintenant.

J'entre dans une cabine et j'appelle mon agent d'assurances. Une secrétaire me répond.

— Ici Deacon, je dis. Ma bagnole a été accidentée hier. Mon numéro, c'est ci et ça.

— Où ça ? elle fait.

— Ne vous inquiétez pas, je dis, question assurance, c'est réglé. En fait, je suis entré dans une charcuterie, pour ne rien vous cacher.

— Il aurait mieux valu une parfumerie, elle dit. Moi, j'aurais préféré.

— Téléphonez-moi un jour, je lui dis, et on arrangera ça tous les deux. Mais la question, c'est que je veux savoir où elle est maintenant.

— Vous pensez qu'elle n'est pas restée dans la charcuterie ? elle dit.

— Sûrement pas, je réponds. Elle a horreur des saucisses. Je lui donne que de la crème d'anchois.

Elle se marre. Elle a pas tort. Je suis drôlement marrant.

— J'ai aucune idée de l'endroit où on les met, elle me dit. Probable qu'on l'a remorquée dans un garage avant de la flanquer dans un terrain vague.

— Vous croyez ? je dis. Mais quel garage ?

— Ah ! vous m'en demandez trop, elle dit. Rien qu'ici on a trois cents garages assurés à la compagnie, alors vous comprenez... faut retrouver votre agent, il vous renseignera.

— Mais il n'est jamais là dans la journée, je réponds, et c'est salement urgent. J'ai laissé tous mes papiers d'affaires dans cette bagnole.

— Ah ! je ne sais pas, elle me dit. Quand même

pour le parfum, vous pourrez me rappeler. Demandez Dorothy Shearing.

— O.K., Dot, je réponds. A bientôt, merci.

Eh bien, je suis de plus en plus emmerbêté. (Je me suis arrêté à temps, pas ?) Evidemment, il n'y a que mon agent qui puisse me renseigner, mais c'est du cinquante contre un que je vais pas arriver à le joindre de toute la journée. Et il est déjà une heure. Ritchie sera là vers deux heures. Wu Chang aussi. Qu'est-ce que je peux faire ? Je ne tiens pas à voir mon frangin avant son passage entre les mains du Chinois, parce que je ne pourrais pas m'empêcher de lui dire, et, cette fois-là, ce serait la fin de mon crâne.

Allez, j'essaie tout de même. Je téléphone à mon agent. C'est une secrétaire qui me répond, ça n'en fait jamais qu'une de plus. Je recommence mon baratin.

Elle sait pas non plus. Elle trouve que je me presse trop, que l'expert verra la bagnole, si c'est pas déjà fait et que le reste j'ai pas à m'en occuper puisque l'affaire est déjà réglée avec l'assurance ; de toute façon j'ai écrasé personne et c'est pas une histoire très importante.

Là, je reconnais la main de mon auteur. Avec sa manie de tout arranger, il a dû leur dire de traiter ça comme pour lui.

Mais, bon Dieu, il faut que je retrouve cette bagnole.

J'ouvre l'annuaire à la rubrique Dépannage. Pas possible. Il y en a au moins cent cinquante.

Pas de solution. Je suis coincé.

Et pas question de demander dix mille dollars à mon paternel pour les donner à cette ordure de Louise Walcott.

Seulement, à partir de cinq heures, il vaudrait mieux, pour Ritchie et moi, qu'on soit planqués.

Bon. J'abandonne la voiture pour aujourd'hui. Faut plus y penser.

Mais la chose qui urge... c'est une crèche. Et ça, c'est encore d'un facile...

Enfin... allons-y...

CHAPITRE X

Somme toute, me revoilà devant chez moi, à quatre heures et demie. J'ai réussi qu'à moitié. Devant la porte, il y a la vieille Buick de Ritchie et je suppose qu'il est là-haut en train de pleurer devant ses jambes sans poils.

Je vais monter quand Ritchie sort, tout pâle, l'air pressé. Il a l'air de ne pas me reconnaître et il sursaute quand je lui parle.

— Monte en vitesse dans ma bagnole, il me dit.

J'obéis. Il se met au volant et on démarre !

— Tu viens seulement de rentrer ? je demande.

— Oui, il fait. Il y a un Chinetoque avec un poignard dans les tripes au beau milieu de ta chambre. Faut que je te remercie de la surprise.

— Comment t'es rentré ? je dis.

— La porte est ouverte, il répond, tout est sens dessus dessous, un vrai bordel.

— C'est Wu Chang, je lui explique. Je lui avais téléphoné pour qu'il vienne t'épiler les jambes. Histoire de te faire profiter de mon expérience. Mais je pensais que tu serais là à deux heures. Il s'est fait lessiver, en somme ?

— Tout ce qu'il y a de mieux, dit Ritchie. Il est pas mort ; j'ai immédiatement téléphoné à la police et c'est pour ça qu'il faut les mettre en quatrième.

— Y a que trois vitesses, je lui fais remarquer.

— Dommage, il dit. C'est mal fait.

— C'est les souris qui sont venues fouiner chez

moi. Elles ont cru qu'en se servant elles-mêmes, elles auraient le fric plus vite. Mais quelles sales vaches ; buter un bon vieux Chinois comme Wu Chang. Et c'est ma faute, bon sang, c'est moi qui lui ai téléphoné.

— Tu pouvais pas savoir, dit Ritchie. Je te répète, je crois qu'il est pas mort.

On entend les sirènes et on voit passer les bagnoles et les motos de la police.

— Un coup dans les tripes, il m'explique, si tu coupes pas l'artère hépatique, si tu traverses pas le foie, si c'est juste dans les tripes, ça se recoud assez bien. Quand on peut stopper l'infection...

— T'as bien fait d'appeler la police, je dis. Mais on est dans un drôle de pétrin.

— S'il s'en tire, dit Ritchie, il leur dira bien que ce n'est pas toi ni moi.

— Quand même, je réponds. J'ai idée qu'il sera fâché.

— Mais tu sais, continue Ritchie, elles ont vraiment tout foutu en l'air. Y a pas un meuble intact.

— Bon, bon, je fais. On se rattrapera sur les dix mille dollars. A propos, je dois te dire que je ne les ai pas.

Il s'étonne de rien, maintenant, Ritchie. Je l'affranchis, et j'ajoute :

— J'ai trouvé une crèche ensuite. Dans des appartements meublés, c'est minable et c'est plein de puces. J'ai fait comprendre au gérant que j'avais deux petites copines à qui je m'intéressais et qu'il pouvait gagner sa vie en étant gentil. Seulement, faut qu'on aille là-bas habillés en gonzesses.

— Tout est dans la bagnole, dit Ritchie. Y en a deux valises pleines.

— Bon, je fais. Maintenant, l'histoire, c'est de trouver un coin pour s'arranger.

— Tu te rends compte, dit Ritchie. On va pas rester en souris tout le temps, quand même !...

— Oh ! c'est l'affaire de quelques jours, je réponds pour le rassurer.

— Et qu'est-ce que tu vas faire à cinq heures ? il fait. Tu dois porter le fric chez Gaya, en principe.

— J'y vais pas... je réponds.

— C'est pourtant une occasion d'en piquer une, il dit.

— Pourquoi faire ?

— Pour la faire bavarder un peu.

Il est plein de bonnes idées, mon frangin.

— Et pis on pourra en profiter pour les soigner, ajoute Ritchie. Parce que, souvent, les gousses, c'est des filles qui ont tourné de ce côté-là parce qu'elles étaient mal aimées. Elles sont tombées sur des types brutaux, des qui les ont blessées ou brusquées. Si on leur fait ça bien gentiment... Elles doivent y reprendre goût.

Il en a des ressources, mon petit frère. Ça m'a l'air de s'organiser drôlement ce boulot.

Et puis, m'envoyer une lesbienne, ça m'a toujours dit quelque chose...

Au fond, ce qu'on est en train de faire, c'est un genre d'entreprise de redressement des dévoyées.

On est des types bien.

Mais j'ai de la peine pour le gros père Wu Chang.

Ritchie me tire de mes réflexions.

— On va au Potomac Club, il dit. On prend *Kane junior* par le bras, on lui conseille de ne pas regarder et, pendant ce temps-là, on se camoufle.

Et Ritchie stoppe devant le club. Ce gars-là n'est pas la moitié d'une buse. Il avait déjà tout combiné dans sa tête. En réalité, il fait bien, parce que si je devais me servir de la mienne... ça donnerait des drôles de résultats, pleins de protubérances.

Quand on arrive au bateau, je dis à Ritchie :

— Il faut qu'on aille tous les deux chez Gaya. C'est pas la peine de commencer à se séparer maintenant.

— Naturellement, on y va tous les deux, dit Ritchie. Toutes les deux, même. Regarde ça.

Il me montre une jolie paire de lunettes à monture rose.

— Je serai pas mignonne, avec ça ? il dit.

— Ça, Ritchie, je vais pas pouvoir te regarder, je réponds.

Mon calme bien connu est foutu pour un moment.

— Quand même, il dit encore, je sais pas si tout ça va être tellement bon pour mes examens.

— Le gang Walcott en a pas pour longtemps avec nous, je dis. Crois-moi. On va les foutre en l'air en cinq sec. T'auras tout le temps de t'y remettre.

Bon Dieu, si je savais à quoi je m'attaque, je crois que je ferais moins le flambard. Maintenant que c'est fini et que j'écris tout ça, je m'en rends compte sur le moment, ce que j'ai pu raconter comme blagues !

Ritchie a ouvert son box. On entre, on referme la porte. *Kane junior* est là sur l'eau, bien calme. C'est ouvert du côté de l'eau, jamais Ritchie ne baisse le rideau de tôle, mais il fait sombre et il faut qu'on allume, donc, pour une fois, il faut le baisser. J'y vais et je tourne la manivelle. Tout ça est rouillé, un vrai plaisir.

Je vous raconte pas le détail de notre camouflage, mais on se paye une pinte de bon sang. Moi, maintenant, les faux seins, j'ai l'habitude, mais Ritchie, c'est la première fois et ça le suffoque.

— Bon Dieu, il me dit, c'es pas possible qu'elles se baladent avec ces outils-là. C'est fou ce que ça tient chaud.

— Qu'est-ce que tu veux, je réponds, faut y passer. L'ennui c'est qu'on peut toujours ajouter quelque chose... mais pour supprimer nos charmes naturels, c'est autre travail.

— J'ai pris des slips drôlement serrés, me dit Ritchie. De sport, extra-forts. Et puis, on a des robes pas trop collantes.

54

— Faut qu'on se rase deux fois par jour, je dis. Ça, ça va être un petit peu coton.

— J'ai pensé à ça, il dit. J'ai acheté des rasoirs qu'on va garder dans nos sacs à main.

— Avec nos flingues, je dis.

— Ah, non, fait Ritchie. Ce que tu voudras, mais pas d'armes sur nous. On risque toujours de faire une connerie.

— Il y a un pétard dans la bagnole, je dis, ils auront vite fait de savoir que c'est la tienne en lisant le numéro des plaques.

— Non, dit Ritchie. On part du principe qu'ils ne nous repèrent pas tout de suite. Sans ça, autant abandonner dès maintenant.

On n'a plus grand-chose à discuter, alors on se tait et on fignole nos jolis petits minois. Ritchie est insensé en fille. Il a vraiment l'air de sortir d'une de ces écoles pour arriérées galetteuses... Moi, je fais très intellectuel. Pas trop de rouge, pas de poudre ou à peine, des souliers plats — je suis adorable.

Le box de *Kane junior* sent la poudre de riz et le vernis à ongles. Ça fait un de ces mélanges avec l'odeur de l'essence.

On met tous nos vêtements d'homme dans les valises et on planque le tout dans le coffre du bateau.

— On sort, je dis à Ritchie.

Il hésite encore.

— Et si on rencontre quelqu'un qu'on connaît ? il dit.

— C'est une bonne occasion de faire le test, je lui réponds.

J'ai un joli tricot de coton bleu clair et une jupe de flanelle grise. Ritchie, lui a une robe d'imprimé très simple. Vraiment, on peut pas nous prendre pour des garçons... on a des poitrines pointues !...

On sort, moi le premier. Ça grouille sur l'apontement. Il y a un soleil au poil, les bateaux arrivent et s'en vont, les moteurs ronflent, et les gens se baladent deux par deux, habillés ou en maillot de bain, le coup d'œil est vraiment sympathique. On n'a pas fait dix mètres que je vois Joan, une des grandes amies de Ritchie.

— Saute pas, je lui commande. Tu la connais pas.

Elle passe, elle nous croise sans nous voir. Je regarde mon frangin. Il a des gouttes de sueur près du front. Je lui serre le bras amicalement. Il me sourit.

— Ça va, Francis, il dit. Allons-y.

Quand même, quelle vacherie, cette histoire de Chinois. Surtout que je vais vous dire un truc... Ritchie a pas un seul poil sur les jambes.

CHAPITRE XI

On arrive devant chez Gaya vers cinq heures et quart. La bagnole de Ritchie est une décapotable et on a laissé la capote pour que les gens qui guettent (s'il y en a) n'aient pas de soupçons en nous voyant arriver.

Il nous faut quand même un prétexte pour nous arrêter par là. Au fond, après avoir discuté la chose avec Ritchie, nous convenons de nous arrêter simplement et de nous mettre à bavarder en lisant un journal comme si on n'était pas d'accord sur ce qu'on va aller voir au cinéma ce soir.

Il y a des bagnoles de place en place le long de la rue, parquées en diagonale, et on en repère deux qui peuvent être celles que nous cherchons.

Rien à faire qu'à attendre. Moi, ça m'ennuie parce que je suis obligé de penser à des choses et je pense au vieux Wu Chang avec sa bonne bedaine ouverte, j'ai de la sympathie pour ce Chinois, je suis très embêté de ce qui est arrivé.

Ritchie me pousse le coude. La grille qui ferme le jardin vient de claquer et une fille en sort. Elle regarde à droite, à gauche, regarde l'heure et monte dans la première voiture, une Chevrolet bleue toute neuve. Elle a un tailleur clair et pas de chapeau.

Je m'attends à ce qu'elle tourne pour revenir vers le centre mais elle continue tout droit. Je ne sais pas où elle va.

Elle tourne à droite dans Goldsboro Road, nous voilà en plein Bethesda... et à gauche sur la nationale de Rockville Pike. Là, elle met les gaz.

On suit sans trop s'attarder, de loin. A ce train-là, elle sera vite à Frederick. Non... elle tourne à gauche... ça s'appelle Grosvenor Lane. A droite, puis à gauche encore. Ce coup-là, la route est bien plus moche et bientôt, elle cesse d'être bétonnée. Je fais plus attention à l'endroit où on est. J'appuie juste sur le champignon. Ritchie me touche le coude.

— Faut pas la laisser arriver, il me dit. Sans ça, on est refaits. On se fourre dans leurs pattes.

J'appuie.

La Buick de Ritchie est plus vieille mais elle fait trente chevaux de plus que la Chevrolet. On fonce. On la double. Je presse à droite. Elle corne. Je la coince comme une fleur. On s'arrête à trois millimètres l'un de l'autre. Ritchie passe de sa voiture dans celle de la fille et lui colle le pétard sous le bras.

— Suivez la Buick, il dit.

Elle a pas pipé et elle redémarre derrière moi. J'espère qu'on ne s'est pas trompés et que c'est pas une amie de Gaya... ça m'étonnerait, je dois dire.

Je tourne dans un petit chemin isolé. Il y a des arbres et une mauvaise visibilité. C'est exactement ce que nous cherchons.

Je stoppe assez vite, la Chevrolet stoppe derrière

moi. Je saute par terre — toujours sans ouvrir la portière, le vieux truc. Ça surprend un peu notre prise.

— Qu'est-ce que vous voulez ? elle nous dit.

Ritchie a remis son pétard dans la bagnole et il la palpe par précaution, mais assez adroitement pour qu'elle puisse croire tout autre chose. Son sac est resté dans la voiture, pas de risques de ce côté-là.

Il n'y a pas trente-six manières. Je passe derrière les voitures avec elle et je l'empoigne. Je la regarde de près. Elle est jeune, les cheveux coupés en garçon, l'air dur, mais pas laide. Presque pas de seins, un peu garçonnière.

Je l'attire vers moi et je lui embrasse la bouche avec tout ce qu'on m'a appris à mettre de sentiment dans cette intéressante opération.

Ça dure le temps qu'il faut. Je note pour les générations futures qu'elle ferme les yeux à la vingtième seconde et qu'à la vingt-cinquième, rien de ce que ses lèvres protégeaient n'a de secret pour moi.

Oh, ma mère, elle embrasse bien... Si elle n'avait pas ce coquin de bracelet d'or à la cheville, je dirais : heureux son amant... mais elle a ce coquin de bracelet et ça me met un peu en rage de penser que si j'étais en garçon, toute cette délicate marchandise serait perdue pour moi.

Comme elle paraît positive et désireuse de reprendre la conversation, je la fais asseoir sur l'herbe et je continue avec les mains.

Ses jambes sont minces, mais bien faites... et musclées...

— Qu'est-ce que vous voulez ? répète-t-elle, manière de faire comprendre que tout ça ne lui fait pas perdre la tête.

— Je ne suis pas assez explicite, peut-être ? je lui demande.

Elle se débat comme un chat, me fiche une beigne et se met à glapir parce que je lui tords le bras. Ritchie fait le guet, pas du tout gêné.

....[1]

Elle n'a pas très peur... pourquoi voulez-vous qu'elle ait peur d'une fille ? Elle doit seulement se demander comment ça se fait que je suis si costaud.

— Griselda !

Ritchie arrive.

— Tiens-lui les mains.

Ritchie obéit. Il lui garde les deux mains au-dessus de la tête pendant que je maintiens les jambes allongées. C'est un charmant spectacle que le ventre plat d'une jolie fille mince avec les attaches des bas et le nid bien doux où plus d'un oiseau que je connais s'empresserait volontiers de venir nicher.

Allons, qu'elle en ait pour son argent... et moi aussi.

....[1]

Tiens... elle aime ça... j'ai idée que je peux lui lâcher les jambes.

C'est une bonne chose parce que ça me laisse une main libre.

....

Elle pousse un cri au moment où je me glisse sur elle... mais il est trop tard. Ritchie la lâche à son tour et se remet à surveiller la route... discret, mon frère.... Elle ouvre des yeux comme des passages à niveau.

— Salaud..., dit-elle entre ses dents.

Je me sens comme dans un petit complet sur mesures... un soupçon trop ajusté, mais c'est le

---

1. Les points représentent des actions particulièrement agréables mais pour lesquelles il est interdit de faire de la propagande, parce qu'on a le droit d'exciter les gens à se tuer, en Indochine ou ailleurs, mais pas de les encourager à faire l'amour.

charme du presque neuf... En même temps, je lui tiens les poignets et je me penche jusqu'à lui embrasser les lèvres de nouveau. Elle essaie de me mordre. J'aime assez. Je mords aussi.

Elle gémit.

....

....

C'est salement agréable, le métier de détective.

Mais il ne faut tout de même pas que je m'attribue tous les bons moments du travail. Ça va être le tour de Ritchie.

Je me relève et remets ma cuirasse. On a de la veine, il ne passe personne sur ce sacré chemin.

La fille est étendue sur l'herbe dans un agréable désordre.

Peut-être que vous nous prenez pour des idiots, Ritchie et moi, de nous grimer pendant trois heures et de nous trahir un moment après en prouvant à une souris que nous avons tout ce qu'il faut pour être des hommes.

Mais peut-être aussi que vous ne vous rappelez pas entièrement nos intentions.

Et c'est pas parce que je ne vous raconte qu'un petit bout de dialogue qu'on est restés sans rien se dire, lui et moi, pendant qu'on suivait cette mignonne. En vérité, il nous a semblé à tous les deux que c'était charmant de vivre dans un appartement meublé en se faisant passer pour des souris à condition d'avoir une vraie souris sous la main.

Et à ce moment-là, autant en prendre une qu'on soit obligé d'avoir à l'œil, ça nous forcera à prendre des précautions.

— Ritchie, je dis, elle doit se sentir mieux, maintenant, c'est à toi.

Ça ne traîne pas.

Mon Ritchie relève la bonne femme, l'appuie à la portière de la voiture, comme si elle y était accoudée, et il me dit de la tenir comme ça.

Si une voiture passe, leur tenue n'a rien d'incorrect... heu... enfin, c'est-à-dire qu'en ce moment, elle rejette sa tête en arrière, sur l'épaule de Ritchie, qui l'embrasse près de l'oreille... elle se tend comme si elle allait tomber en transes... sa main gauche se détache de la portière et se crispe sur la hanche de Ritchie. Je crois que notre copine vient de partir au septième ciel pour la seconde fois... Elle s'abandonne, complètement molle, entre les bras de Ritchie qui la soulève et la met dans la voiture. Trop d'émotions pour elle.

— Prends la Chevrolet, il dit, on la laissera en ville dans un parc quelconque. Maintenant, on rentre et on va un peu cuisiner cette petite chatte.

Elle s'est affalée sur le coussin arrière. Surcroît de précautions, on remet la capote de la voiture et on boucle les portières.

On démarre. Voyage sans histoire ; juste avant de retrouver Rockville Pike, on croise une bagnole qui ralentit et qui s'arrête. Va-t-elle nous prendre en chasse ? On tourne sur Rockville et on met les gaz. Si c'est Louise Walcott, elle a peut-être reconnu la Chevrolet. Mais on allait vite, elle n'a pas dû pouvoir lire les plaques. Et la Chevrolet, c'est plutôt courant. Pour plus de sûreté, on fonce, et une demi-heure après, on est au chaud dans notre petit appartement de Pickford Place. On est assez contents de nous, du point de vue moral, s'entend, parce que, ces pauvres filles, c'est une bonne action que de leur redonner le goût de l'amour normal... C'est vrai, elles se rendent pas compte.

CHAPITRE XII

L'appartement de Pickford est tout ce qu'il y a de simple : deux pièces, salle de bains et une kitchenette qui donnent sur un interminable couloir d'un côté, une cour de l'autre. C'est au sixième étage d'un bâtiment en brique rouge et en béton, assez miteux. A l'intérieur, il y a un hall avec un portier qui roupille, des fauteuils rouges démodés, une plante verte et une cage d'ascenseur tarabiscotée qui vaut quand même mieux que l'escalier dont la moquette est usée jusqu'à la corde. En entrant, on voit tout de suite quel genre de tapins minables vivent là-dedans. Chez nous, les meubles sont probablement pareils à ceux des autres chambres, genre mobilier d'hôtel bon marché et démodé. Il y a deux divans, on pourra dormir, c'est l'essentiel.

Une fois entrés, on referme la porte et on s'installe. Ritchie a monté une valise toute préparée avec les trucs essentiels pour tenir dans un appartement : à boire, à manger, du café, des cigarettes, du savon, des serviettes et tous ces genres d'ustensiles. Je prends le whisky et l'eau gazeuse et je file dans la kitchenette pour nous en préparer des bien tassés, parce que dehors, il fait chaud, mais dedans, il fait plus que chaud. Il y a un frigidaire et il est branché, ça va, on aura de la glace.

Je reviens avec trois verres sur un plateau. Ritchie est assis et il surveille la souris qui ne dit rien et regarde ailleurs en se bouffant les ongles. Ça, psychanalytiquement, c'est très mauvais... Je tombe la veste.

— Vous devez avoir trop chaud, je dis à la fille. Enlevez votre tailleur.

Elle me regarde. Elle a de jolis yeux, cette fille. Elle est dans une rogne....

— Mais oui, dit Ritchie, enlevez donc votre

tailleur. Au fait, est-ce qu'on pourrait savoir votre nom ?

— Allez vous faire mettre, bande de maquereaux, elle nous dit.

— Faut pas renverser les rôles, dit Ritchie. S'il y a quelqu'un ici à qui ça va arriver, c'est pas nous.

Elle est un peu soufflée.

— Vous n'allez pas recommencer ?

— Ça nous gênerait ! dit Ritchie.

Je m'étrangle en buvant mon highball et je vais jusqu'à la cuisine. Là, je cesse de tousser parce que que je n'ai pas du tout avalé de travers, c'est un prétexte et je m'enfile en vitesse une demi-douzaine d'œufs crus. Si Ritchie a l'intention de soigner le travail, faut pas que je risque d'avoir une défaillance. Et les œufs crus, on prétend que c'est souverain.

Je reviens. Ritchie parle.

— Faut vous mettre dans la tête, ma cocotte, que nos méthodes sont aussi efficaces que celles de la police. Quand vous aurez fini avec nous, vous regretterez le troisième degré. Comment vous appelez-vous ?

— Si je parle, vous me laisserez tranquille ?

— Sûr, dit Ritchie.

— Et si je ne parle pas ?

— On vous met à poil et on vous passe sur le corps jusqu'à ce que vous changiez d'avis.

— Alors je parle, elle dit.

Et elle se marre. Quand même, le ton a changé. Je pense que si elle nous a traités de maquereaux tout à l'heure, c'était un vieux reste de colère et qu'elle est en train de se rendre compte de la situation.

— Allons, dit Ritchie, faites pas l'andouille. On vous a fait qu'une petite partie de ce qu'on peut vous faire.

— Petite ? elle dit. Ben, vous êtes modeste, vous, alors.

Ritchie rougit. Elle boit son highball.

— Ecoutez, elle fait, vous êtes trop mignons, tous les deux. D'abord, vous n'avez pas du tout l'air de filles et vous devriez enlever ces horreurs que vous vous êtes collées sur le dos. Jamais une vraie fille n'aurait eu si mauvais goût.

— D'accord, dit Ritchie, on va les enlever. Mais faut nous dire qui vous êtes. Vous vous rendez compte qu'on n'a pas encore fait les présentations.

— Je travaille pour Louise Walcott, elle dit.

— Ça, on le sait, je fais.

— Ecoutez, elle continue, je suis pas intéressante à fréquenter, mais vous m'avez eue parce que c'est la première fois que... euh... qu'on me fait ça comme ça... alors ça m'a chambardée, et je lâche le paquet... mais il y a une condition. Si je vous raconte ce que je connais, vous me gardez ici.

— Oui, je fais. De toute façon.

— Et vous me... euh...

— Tous les soirs, dit Ritchie.

— Tous les deux ? elle fait.

— Oui, je dis, mais l'un après l'autre parce qu'on n'est pas des cochons.

— Bon, elle dit. Alors, si on se mettait à l'aise ? Je m'appelle Sheila Sedric.

— Salut, Sheila, je dis.

Et Ritchie ajoute :

— Moi, c'est Richard et lui Francisco.

— Alors, asseyez-vous, dit Ritchie.

Elle s'assied à côté de lui mais pas tout près. Et je suis en face d'eux sur une chaise.

— Passez-moi mon sac, elle dit, je veux me repoudrer le nez. Vous m'avez fait faire un drôle de sport.

On lui passe, elle l'ouvre, et avant qu'on ait le temps de faire quoi que ce soit, on a un gros feu sous le nez et elle se lève. Pour des c... on en est.

— Bougez pas, mes coquins, elle dit. Bande de

pourris... vous vous imaginiez que ça allait se passer comme ça ?

J'ai les mains crispées sur mon fauteuil et je m'aperçois de quelque chose... je ne vous dis pas encore quoi.

— Je vais pas vous tirer dessus, elle dit, parce que je préfère que Louise s'en occupe elle-même... mais quand vous serez passés par ses pattes, vous pourrez toujours arrêter les femmes sur la route... Elles risqueront plus rien... là, vous pourrez vraiment vous habiller en gonzesses.

Sûr et certain qu'elles se rendent pas compte. Cette idée de perdre son temps à bavarder comme ça au lieu de ficher le camp pendant qu'elle peut. Parce que moi, je vais opérer... le truc de mon fauteuil, je vous le confie maintenant, c'est le bras qui est détaché... en une fraction de seconde, je le lui balance sur la main droite. Elle hurle et le pétard tombe par terre. Ritchie l'a ramassé avant que j'aie fait ouf. Il le décharge et l'empoche. La fille se tient la main droite dans la main gauche et elle pleure. Je m'amène, je la calotte sec, à droite et à gauche, et je la pousse sur le divan. Elle s'effondre.

— Et boucle-la, je lui dis. Pas de scandale ou on t'endort.

N'empêche qu'on s'est fait avoir comme des bleus. Sans ce fauteuil cassé, on était bons pour remettre ça à zéro. Pendant que Ritchie surveille la fille, je prends le sac à main et je fouille. Rien, naturellement. Un permis de conduire au nom de Donna Watson.

— Allons, dit Ritchie, on recommence. Comment tu t'appelles ?

— Je vous l'ai dit, elle grogne.

— Sheila Sedric ?

Elle dit rien. Je m'amène et sans élan, je lui remonte le blair d'une bonne baffe. Elle s'y attendait pas et, pour la première fois, elle a vraiment l'air d'avoir peur.

— Le prochain coup, tu saignes du nez, je dis. Comment tu t'appelles ?

— Donna Watson.

— Ça a aucun rapport avec Sheila Sedric, je remarque. Est-ce que c'est le bon ?

Je lève la main, elle a un geste de recul.

— C'est le bon, elle dit.

— Où est Louise Walcott ?

Pas de réponse. Je change de main. Ce coup-ci, le sang commence à couler. Elle essaye de prendre un mouchoir pour se tamponner le blase.

— Laisse ça, je lui dis. On lavera. On n'a pas fini. Où est Louise Walcott ?

— Cinq milles plus loin que l'endroit où vous m'avez arrêtée, elle fait. Après Weaver Road, on tourne à gauche sur Falls Road, et à droite, la première, je sais pas son nom. C'est une maison dont on voit le toit de la route au milieu d'un bois d'ormes.

— C'est sûr ? je dis.

— Je vous jure, elle répond.

Elle parle du nez parce que le sang lui obstrue un peu les conduits.

— Essuie-toi maintenant.

Je lui lance un napperon qui traîne et elle s'efforce de réparer le dommage. Son tailleur est plein de sang.

— Qu'est-ce que tu fais chez Louise Walcott ?

— Je fais ci et ça. Un peu tout.

— Des détails, je dis, où je te fous des coups de corde sur les cuisses.

— Je fais des liaisons. Aujourd'hui j'avais été chez Gaya Valenko pour prendre un paquet qu'on devait remettre avant cinq heures.

— Combien vous êtes chez Louise ?

— Des bottes, elle dit. Et on vous aura, bande de maquereaux.

— T'as déjà dit ça, je remarque. Comment est-ce que Louise tient Gaya ?

— Je sais pas.

Je la soulève d'une main et je lui arrache sa jupe de l'autre. Je suis normalement costaud, mais une fois en rogne, ça va encore nettement mieux. Elle ose même pas bouger.

— T'es prête, comme ça, je dis. Ritchie, passe-moi ta ceinture.

— Je vais perdre mon froc, dit Ritchie.

— Ça ne fait rien, je dis. Après tu pourras lui en faire prendre un peu... ça la changera.

— Salauds ! Assassins ! Cha...

Ça devait être charognes, je suppose, mais ça se perd dans ma main droite. Elle essaye de me mordre mais elle peut pas l'ouvrir assez grande pour mes paluches mignonnes.

Je la retourne, les fesses en l'air, et Ritchie commence à cogner dessus.

— T'es pas à plaindre, je lâche. On te fout la dérouillée avec une ceinture de croco, un luxe.

Elle se tortille comme un ver. Ça fait des raies rouges sur ses fesses, et à mon avis, c'est très original.

— Plus à gauche, Ritchie. Y a un coin encore tout blanc.

Elle écume, mais comme elle a la figure dans les coussins du divan, ça s'entend pas trop. A quinze coups, Ritchie s'arrête.

— Ça va comme ça, il dit. Y a déjà une bonne vaso-dilatation dans l'ensemble et nous n'irons pas jusqu'au traumatisme local.

A mon avis, c'est un charabia pur et simple. Je lâche la fille. Elle se relève, elle est dans une colère incroyable, elle a les yeux flamboyants, elle transpire, elle est décoiffée. C'est très mignon, une femme dans cet état-là, surtout quand elle a juste ses bas et une veste de tailleur assez courte. Elle s'apprête à gueuler, mais je lève la main. Elle gueule... pas longtemps. Je la recolle sur le divan, dans la même position qu'avant, à plat ventre.

— Tant pis, je dis, elle l'aura voulu. Vas-y, Ritchie. Comme dans la Bible.

Ritchie hésite. Et pis il se marre. Il passe dans la kitchenette, revient avec une bouteille vide et lui pose délicatement sur les fesses.

Je me marre tellement à mon tour et elle gigote si fort qu'elle m'échappe et avant que j'aie eu le temps de me remettre, elle me colle une de ces dégelées de coups de poing !... Elle se retourne et voit Ritchie, écroulé de rire. Alors, elle s'arrête et elle chiale comme un gosse, en mettant son bras devant sa figure.

— Laissez-moi, elle dit. Je suis une fille moche et une sale garce, mais ne vous moquez pas de moi comme ça. Je recommencerai pas. Ils m'ont forcée.

Ça m'embête. C'était bien plus commode quand elle était en colère. Je me relève et je la prends par le bras.

— Bon, je dis. Viens te laver la figure par là et puis on va causer gentiment.

Elle me suit et je l'entraîne dans la salle de bains. Je lui enlève sa veste qui est couverte de sang, je lui lave la figure, je la coiffe. Elle a froid. Je demande une robe de chambre à Ritchie et il me passe un peignoir de bain qu'il trouve dans la valise. Je sais pas comment elle a froid par cette température, nous deux, on crève positivement. Ça doit être la réaction. Dans son cas. Dans le nôtre, c'est le soleil, qu'est-ce que vous voulez, on est normaux.

Je la ramène dans l'autre pièce, elle est tout de même plus présentable, Ritchie retourne préparer trois autres highball et on se les tasse, elle pour se réchauffer et nous pour nous rafraîchir. Tels sont les effets contradictoires de l'alcool sur l'organisme humain, dirait Ritchie.

— Alors, comment est-ce que Louise est arrivée à tenir Gaya ? je demande.

— C'est dans une party, elle dit. Louise Walcott a son frère dans la bande. Son frère et deux ou trois copains à lui. Vous savez que son frère est pas très...

— Pas très viril, je lui souffle..

— Enfin, elle dit, il aime les garçons. Et elle se sert d'eux pour ramasser les filles parce qu'ils sont bien physiquement et qu'ils connaissent des tas d'autres garçons dans la bonne société d'ici, et que ça sert d'introduction pour aller partout. Alors, un jour, ils ont saoulé Gaya à mort en se mettant à plusieurs. C'est pas difficile de faire boire une fille, il suffit de lui dire qu'elle tient pas le coup et elle veut prouver qu'elle le tient.

— Les garçons font comme ça aussi, je dis.

— Je sais pas, elle répond, moi je connais que les femmes. Enfin donc ce jour où Gaya était bien ronde, chez un des amis de Richard, elle a été malade comme un cochon, alors ils ont été tout plein gentils pour elle, ils l'ont soignée et sous prétexte de la remettre, ils l'ont piquée. Forcément, elle s'est sentie bien et elle a pris goût au truc. Et au début, ce que Louise voulait, c'était surtout la fille elle-même, un passe-temps comme ça, mais quand elle a un peu mieux su qui c'était et que son père avait une galette révoltante, elle a eu l'idée de la faire épouser par Richard, pour palper le pèze sans danger.

— Cette Louise est une vraie vache, je dis.

— Oui, elle répond, mais je vous jure qu'elle fait drôlement bien l'amour.

— Oh ! je dis, elle peut rien vous faire qu'on ne puisse pas faire aussi, et en plus, on a d'autres possibilités.

— Je sais, elle dit, et elle regarde Ritchie d'un air comme ci comme ça.

— Et qu'est-ce qu'elle fait d'autre que l'amour,

Louise ? demande Ritchie. Je suppose qu'elle travaille dans la drogue ?

— Un peu dans tout, dit Donna. Elle m'a pas tout dit. Je suis un sous-ordre. Je sais qu'elle a pas mal de copains dans la politique. Des copines aussi. Des femmes de sénateurs, de vieilles grues, des sinoques de tous les genres.

— Bon, je dis. T'es une bonne fille. Quel devait être le prochain coup ? Après Gaya ?

— Je sais pas, elle dit. Sincèrement. Il y a d'autres affaires en train mais j'ai pas de détails.

— Une petite histoire de bombe atomique ? je propose. Des tas de gouines comme ça, ça doit bien espionner un brin ? Faut en profiter, si on garde la tête froide avec les hommes.

Elle la boucle.

— Enfin, je conclus, pour l'instant, on te garde. Après tout, y a rien de pressé. Tu vas crécher chez nous. Aie pas peur, on te touchera pas. Nous, au fond, on préfère les vraies.

Elle répond pas un mot.

— Je vais préparer le dîner, elle dit.

— Bonne idée, fait Ritchie.

Lui et moi, on a pas besoin de parler pour savoir que, ce soir, c'est trop tard pour s'embarquer sur du nouveau. On verra ça demain.

Donna passe dans la cuisine et elle se met à tripoter des casseroles, en pestant parce que tout est dégueulasse. Cette souris a un langage de corps de garde.

Je ne sais pas ce qu'elle fabrique, mais ça sent bon. Au bout d'un quart d'heure, que Ritchie et moi on emploie à se tourner les pouces en ellipse, suivant la méthode des Péruviens, elle réapparaît à la porte.

— Voilà, elle dit. Y a des spaghetti et des œufs au jambon, et vous les boufferez à la cuillère, parce que j'ai pas trouvé une seule fourchette.

— Ça ira, dit Ritchie. Moi, j'ai tellement faim que mes doigts me suffiraient.

Je débarrasse la table d'un revers de main et elle apporte une poêlée d'œufs au jambon qui fument délicieusement.

On s'attable. Ça fait un drôle de trio. Ritchie et moi toujours en filles et elle dans un peignoir de bain à cordelière rouge. Elle a la figure enflée là où j'ai tapé et elle fait attention en s'asseyant. J'ai un peu honte, mais si je l'avais pas fait on en serait encore au même point. Au fond, je suis sûr que ce qui lui a manqué, c'est un paternel qui lui file la trempe de temps en temps.

On bavarde tous les trois comme de vieux amis et on se retape des highball parce que c'est sûrement la boisson la plus saine qu'on puisse trouver dans toute l'Amérique.

Et puis c'est le moment de se mettre au page. Si vous vous souvenez, il y a deux divans dans cette piaule. Mais il est pas question qu'on perde de vue notre petite Donna... on a beau s'aimer bien, ça pourrait la reprendre, l'envie de filer.

Je tire les pages l'un contre l'autre et je mets les matelas en travers. Ça fait un seul grand lit. Ritchie prend des draps et commence à tout arranger.

— Voilà, je dis. Vous au milieu et nous des deux côtés.

Elle proteste.

— Oh ! vous attigez, quand même. Je croyais que c'était fini, ces histoires-là.

Moi, je me rappelle que je me suis envoyé six œufs crus tout à l'heure parce que je pensais que ça allait me servir, et j'ai idée que les œufs crus, c'est bourré de vitamines et d'hormones, à en juger par mes intentions présentes.

— On vous effleurera même pas, je dis. On va dormir comme trois petites sœurs. Demain, y aura sûrement du nouveau, et il faut qu'on soit en forme. Elle pipe pas et passe dans la salle de bains pour se préparer. Nous, on se déshabille. On a des pyjamas, en soie rouge pour Ritchie, en soie jaune pour moi, ça chante, c'est beau comme tout. Je sais pas s'il a les mêmes goûts que moi, mais lui aussi ne met que la veste. J'aime bien le contact des draps sur les jambes.

Donna se ramène. Elle a relevé ses cheveux, elle a l'air d'avoir seize ans. Elle a le peignoir de bain sur elle.

— J'ai pas de pyjama, elle dit. Je peux pas dormir comme ça.

— Enlevez le peignoir, dit Ritchie. On vous tiendra chaud.

— C'est que j'ai plus rien dessous, elle dit.

— Ça va, je réponds. On ferme les yeux. Passez.

Elle éteint et m'enjambe. Elle se met entre nous deux. Il fait noir, il y a un tout petit peu de lumière dans la cour, on voit rien qu'un carré vague du côté de la fenêtre. J'entends la respiration de Donna. Elle bouge pas, mais elle dort sûrement pas. Au bout de dix minutes elle commence à protester.

— J'ai trop chaud, elle dit.

Je flanque les couvertures en l'air d'un coup de pied et Ritchie aussi, ce qui fait qu'on est étalés tous les trois côte à côte avec rien qui nous gêne. Cinq minutes se passent et puis elle se met à bouger tout doucement. Elle se tourne du côté de Ritchie ; je commence à m'habituer à l'obscurité et je la vois vaguement. Ritchie reste immobile.

....

Comme ça, tout le monde est content. N'empêche... Vous allez me dire que tout ça, je vous le raconte par vice et que ça n'aide en rien au développement de l'histoire... Mais c'est les à-côtés du boulot et je commence à comprendre pourquoi il y a tant de flics, privés ou non.

Et puis ça met de la couleur locale...

CHAPITRE XIII

Enfin, la nuit se passe pas trop mal et on peut dire qu'on a vraiment tout essayé quand le soleil réussit à piquer un rayon entre deux coins de maçonnerie pour nous le braquer sur la figure. Je suis un peu mélangé avec Donna, et on est parallèles mais pas exactement dans le même sens. Ritchie roupille, ça lui fera du bien ; mais elle, elle est à ramasser à la petite cuillère. Moi, j'ai l'impression qu'une machine à battre à côté de ça, c'est comme un matelas pneumatique à côté d'un lit de cailloux, mais mon énergie bien connue me permet de me lever et de m'habiller en vitesse.

Je sors chercher de quoi bouffer. Le matin, Washington, ce n'est pas compromettant, il y a que des nègres, des mâles et des femelles, qui font des courses pour les patrons. Je risque pas de rencontrer des amis. Mais je risque plus que ça, on dirait...

— Donne ça...

Je prends le journal que me tend un crieur.

Gros titre.

Francis D... a-t-il poignardé le Chinetoque ?

Mince. Ça me file un choc.

Ils ont mis que mon initiale, ça prouve que mon papa est encore un peu considéré dans la ville...

Mais il faut faire quelque chose.

Je remonte presto. Je frappe pas avant d'entrer, je vous jure. Notez que j'ai tort, vu que mon frangin s'est réveillé depuis tout à l'heure et comme je ne vois Donna nulle part, j'ai idée que c'est elle qui est dessous.

— Ritchie, je lui dis sors de là et écoute.

— Ça ne me gêne pas pour écouter, il répond.

Donna, elle, elle ne dit rien. Elle fait : Oh... Oh... Ah... et c'est tout.

Je montre le titre à Ritchie. Donna peut pas le voir, elle est en plein cirage.

— Je vois pas sans mes lunettes, dit mon frangin.

Je lui colle le canard sous le nez. Ce coup-là, il sursaute.

— Mince, il dit.

Il essaie de se relever mais Donna l'accroche et il retombe.

— Oh ! Donna, il fait, laissez-moi m'habiller. Francis va prendre la suite.

— Ah ! non, je réponds. Moi, je suis mort. Pendant ce temps-là, heureusement, Donna abandonne. Ritchie se dégage et fonce sur les fringues.

— Maquille-toi soigné, je lui dis, ça devient sérieux.

— Qu'est-ce qu'on va faire ? il demande.

— Faut que je disparaisse.

— Comment ça ?

Je réfléchis dur.

— T'as tes entrées à la morgue ? Tu connais bien un docteur quelconque ?

— Ouais, dit mon frère.

— Bon...

Je suppose qu'il a compris. Oui.

— On prend un macchabée, il dit, on le camoufle en Francis.

— Avec *Kane junior*, je complète.

— Ben, mon vieux, dit Ritchie, c'est pas très marrant, tout ça.

— Oh ! je dis, il y a des compensations. Il y a des coups, par exemple, où on ramasse des jolies filles sur la route.

— Et tu trouves ça reposant..., grogne Ritchie.

Donna s'étire. Elle a les yeux cernés jusqu'aux coins de la bouche, elle est décoiffée, à poil, étalée, assez chouette à voir. Une jolie femelle.

— Qu'est-ce qu'on fait ? elle demande.

— T'occupe pas, je dis. On va foutre en l'air Mme Walcott. A nous deux, tout seuls.

Elle se marre.

— Vous aurez du boulot, elle dit.

— Ça nous fait pas peur.

Elle s'assied.

— Francis, elle dit, j'ai l'impression qu'il y a des heures qu'on s'est pas embrassés.

— Ah ! zut ! je réponds.

Je l'embrasse quand même.

— Je sais pas lequel je préfère, elle dit. Vous avez pas la même peau, mais j'aime bien les deux...

— T'as pas honte ? je fais. Une lesbienne pur-sang, coucher avec des garçons ?

Elle se marre.

— Oh ! je crois que vous m'avez convertie.

— C'est pas tout ça, je reprends. On a du boulot. Qu'est-ce qu'on fait de toi ?

— Zut ! dit Donna. Vous me gardez. On se quitte plus.

— C'était bien mon intention, je dis, mais ça a changé, et j'ai mieux que ça pour toi.

Je prends le téléphone. Je viens de me rappeler que j'ai un pote en ville, qui s'appelle John Payne... Vous vous souvenez, celui qui a une Olds 1900 à faire baver un antiquaire. Il est plein de pèze, c'est un fantaisiste et il est porté sur la souris que c'en est une honte.

— Allô ? John Payne est là ?

— C'est moi...

— Francis. Tu as envie que je te fasse un cadeau ?

— Blonde ou brune ? il fait.

— Les deux, je dis. Blonde en haut.

Je l'entends claquer sa langue.

— Amène.

— Tu nous la gardes, quatre, cinq jours ?

— Sans y toucher ?

Il proteste...

— Pas du tout, je réponds. Tu peux tout faire et elle se défend.

J'entends Donna qui glapit :

— Mais qu'est-ce que c'est ce maquignonnage ?

— Attends... je dis à John.

Je couvre le parleur avec ma main et je préviens Donna :

— Ecoute... Ritchie et moi réunis, c'est rien du tout à côté de John Payne tout seul. En plus, il est beau comme Bob Hope et il a du fric à en avoir honte.

— Zut ! elle dit. Moi, c'est vous deux que je veux.

— Vas-y pour trois, quatre jours, je dis. C'est nécessaire. Et si tu n'es pas d'accord, je te dérouille.

Elle me regarde en dessous.

— Ça me tente, elle fait. En général, ça finit bien.

Je me marre, elle aussi.

— Elle est d'ac, je dis au téléphone. Mais écoute... Tu viens dans dix minutes. Pickford Place. Briques et ciment. Tu cornes, elle descend. J'y serai.

Il raccroche. Il est d'accord aussi.

— Donna, mon chou, je fais, on se reverra, y a rien de perdu.

Et puis je l'embrasse un peu pour la consoler et les dix minutes passent très vite. John arrive, il corne, elle file, je la suis et je la vois monter à côté de lui. Je reprends l'ascenseur.

Ouf ! maintenant, au boulot.

CHAPITRE XIV

De toute évidence, les flics — et Dieu sait s'il y en a à Washington, quelle drôle d'idée de choisir cette ville-là pour y faire des trucs pas catholiques — les flics, dis-je, ne savent pas que pour le quart d'heure, je suis en petite fille. Il s'agit d'en profiter. Mais, par contre, pour Ritchie, s'il veut prendre ses repères et faucher un bonhomme en douceur, vaut mieux qu'il se remette en mâle. Donc, nous devons avant tout retourner voir ce vieux *Kane junior* des familles qui garde nos valises en dépôt.

J'explique ça à Ritchie qui acquiesce et on sort. La Buick est là, la Chevrolet aussi. On prend les deux et je parque la Chevrolet un peu plus loin ; puis je remonte avec Ritchie.

Pendant qu'on roule, je réfléchis et je crois qu'il y a quelque chose qui me trottine dans les méninges mais que j'arrive difficilement à formuler. Je profite d'un feu rouge pour tendre un nickel à un marchand de journaux et je rachète un canard. Je relis l'article.

— Ritchie.

Il me regarde.

— Il n'y a pas un seul endroit dans ce sacré canard où on dit que le Chinois est mort.

Ritchie hausse les sourcils.

— Il y a partout « poignardé », je répète, mais on ne précise pas qu'il soit tué.

— Et alors, dit Ritchie.

— Oh ! rien, je fais.

Je ne peux pas arriver à savoir pourquoi ça me frappe et pourquoi je pense que ça a une importance.

— Faudrait qu'on aille voir à l'hôpital, je dis.

Evidemment, ça a une importance de toute façon, parce qu'il vaut mieux pour ce pauvre Chinois que ça ne soit qu'une blessure. Et, par ailleurs, en admettant qu'on me poire et qu'on me colle ça sur le dos, c'est moins dangereux s'il en réchappe, parce qu'il pourra leur dire que c'est pas moi... Mais j'ai idée qu'il y a une raison pour laquelle le journal n'est pas plus définitif. Laquelle ?

— Oui, dit Ritchie, on pourra aller voir à l'hôpital, mais c'est comme le reste, il vaut mieux te faire disparaître au préalable. Surtout si tu as toujours l'intention de liquider l'histoire de Louise Walcott ?

— Je l'ai toujours, je dis, mais je ne sais foutre pas comment m'y prendre à moins d'y aller et de tuer tout le monde.

— On peut les ramener dans le droit chemin l'une après l'autre, comme on a fait pour Donna, suggère Ritchie.

Je me marre en le regardant.

— Si elles sont une douzaine, je dis, on sera frais. Et, en plus, j'en ai aperçu quelques-unes l'autre jour, ça ne sera pas drôle avec toutes. Il y en a des moches comme trente-six poux. Quant à Louise Walcott elle-même, zéro pour cette méthode-là, elle se laissera pas faire.

Ritchie est pensif.

— On ne sait pas..., dit-il.

— Ça coûte rien d'essayer, je réponds. Mais je préférerais un autre procédé.

— Faudra tout de même lui mettre la police aux fesses un de ces jours... dit Ritchie.

— Oui, je réponds, mais pas pendant qu'ils sont après moi.

— Bien sûr, fait Ritchie. Eh bien, si on n'a pas d'idée tout de suite, il n'y a qu'à en chercher plus tard.

Une pensée me traverse l'esprit.

— Et les dix sacs ? je dis. Bon sang... faut pas laisser tomber ça.

— Faudrait peut-être aussi se tenir à carreau, ajoute Ritchie, parce que la mère Walcott doit chercher à te remettre la main dessus.

— Oh, là, là, je fais, quelle salade, mes enfants...

— T'en fais pas, dit Ritchie. Vaut mieux penser à rien, comme moi.

Pendant ce temps-là, on roule et on a fini par arriver au club. On descend en essayant de se faire remarquer le moins possible. Personne nous connaît sous cet aspect évidemment, mais il ne faut pas que quelqu'un qui nous connaît s'étonne de nous voir entrer dans le box de *Kane junior*. Parce qu'il y en a pas tellement, des boxes...

Enfin, on se faufile et on y arrive sans encombre.

Je suis assis sur une chaise. Ritchie se remet en homme. Ça lui prend bien vingt minutes.

— On a les jambes plus libres, en gonzesse, il remarque. En été, c'est agréable.

— T'auras qu'à recommencer, je dis. Rien ne t'empêche.

Il se marre.

Le fait est que c'est commode, il dit, parce que ça fait pas peur aux filles. J'ai idée que les Louise Walcott, elles ont pas de mal à en trouver.

— C'est comme ça, je dis. Qui se ressemble, s'assemble, c'est bien connu.

Maintenant, Ritchie est prêt.

— Il faut que j'opère tout seul, il dit.

— Tu vas pas faire ça en plein jour, quand même ? Faucher un cadavre à la morgue...

J'ai un peu froid dans le dos maintenant que j'y pense pour de vrai.

— T'es complètement lessivé, me dit Ritchie. Tu t'imagines que je vais m'amener à la morgue municipale ? J'ai un copain qui a une clinique privée, il se débrouillera bien pour me sortir de là. Il réclamera un cadavre pour une greffe oculaire ou un truc comme ça, et si il y a du pétard, il dira qu'on lui a fauché. Tu me prends pour une bille, non ?

— Mince, je dis, heureusement que je t'ai mis dans le coup. Moi, j'y aurais été carrément.

— Il va bien me falloir deux heures quand même, dit Ritchie. Tu vas m'attendre. Tu te mettras au soleil et tu boiras un verre, c'est ce que tu as de mieux à faire. Et puis, dans une heure et demie, tu prends *Kane junior* et tu remontes le canal, je veux dire, jusqu'au-dessus de Brookmont... après le Bassin Taylor.

Je sais ce qu'il veut dire, c'est un centre d'études de coques sur modèles, c'est au diable, du côté du boulevard Mac Arthur.

— Tu t'arrêtes entre Carderock et Cropley, continue Ritchie, il y a un endroit où le canal est tout près de la route.

— Tu parles, je dis, il y a une auberge là-bas.

— Oui, il répond, mais arrête-toi là et attends-moi.

— Ça fait bien vingt-cinq milles, je dis.

— Tu fais ça en une heure et quart, les doigts dans le nez, dit Ritchie. Et sans forcer.

— Bon, je dis. S'il y a du monde ?

— S'il y a du monde, ça ne change rien.

— On sera rentrés demain ? je demande.

— Ecoute, dit Ritchie, c'est quand même sérieux, cette histoire, oui ou non ?

Je me rappelle que c'est moi qui ai téléphoné au Chinois et ça me refroidit encore un peu plus.

— Je vais tout te dire, dit Ritchie. J'ai un autre copain, il a une maison avec un garage à bateaux sur le canal à peu près à cette hauteur-là. Tu m'attends et moi je me ramène en bateau avec le truc dedans et là-bas on s'occupera de ce qu'il faut faire. Tu penses bien qu'on peut pas opérer en plein jour pour lui... enfin... le défigurer.

Il se frotte le menton.

— Et puis, il va falloir l'habiller... et le faire saigner.

— Comment ça, le faire saigner ? je demande.

Je comprends plus très bien.

— Quand on est mort, dit Ritchie, on saigne plus. Alors, comme on va camoufler le bonhomme d'un coup de pétard dans la figure, on mettra du sang en même temps... Faut travailler en artistes.

— Ouf... je fais. J'aime mieux que ça soit toi que moi.

— Oh ! dit Ritchie, nous on en voit tellement... Au fait... passe-moi tes fringues.

— Lesquelles ?

— Tes fringues d'homme. Je te dis qu'il faut l'habiller.

— Oh ! mince, je dis. Mon complet bleu !...

— On n'a pas le choix, dit Ritchie. Mets des trucs à toi dans les poches. Et file-moi ton bracelet-montre et ta bague.

— Oh !...

Là, je râle.

— Allez, allez, fait Ritchie. Grouille-toi.

Il fourre le tout dans un sac de marin en toile qu'il prend dans le coffre de *Kane junior*, et il se barre.

— Avec ça, je dis, j'ai plus de permis de conduire. De quoi ai-je l'air ?

— Tu conduiras pas, il fait. Salut, et à tout à l'heure.

— Ben, je dis, pour un type qui pense à rien... tu me l'écriras sur une carte postale en couleurs...

— Et tu pourras la mettre au-dessus de ton lit, dit Ritchie.

Il sort.

Qu'est-ce que je vais faire pendant une heure et demie ?

Mon Dieu... je roupillerais bien... Dans *Kane junior*... Y a des coussins en Dunlopillo sur la banquette. Si je les mets au fond, je serai pas mal.

Notre petite corrida de cette nuit avec Donna Watson m'a un peu coupé les jambes. Mais si je m'endors, faut pas que j'oublie l'heure.

Bah ! je vais pas dormir une heure et demie, tout de même.

Allez... au pieu.

CHAPITRE XV

Je me réveille en sursaut. Qu'est-ce qui fait ce bruit ? Je m'aperçois que, comme une andouille, je ne me suis pas enfermé dans le box.

J'évite de faire le moindre mouvement et j'écoute.

Il fait assez clair à cause du soleil de dehors. J'ouvre les yeux avec précaution, petit à petit.

De là où je suis, je ne vois rien. Le bruit, c'est celui de la porte, je me rappelle, elle fait un petit grincement sur deux notes, une haute et une plus grave.

Bon. De toute façon, faut voir. Je me lève sans précaution... Je me rappelle que je suis en fille juste au moment où je vais remettre mon pantalon à sa place correcte et je saute sur le ciment. J'allume.

Il y a un type dans le box. Je gueule.

— Qu'est-ce que vous faites ici ?

Il me regarde et se marre.

— Faut pas avoir peur comme ça, mon chou, il dit.

— Sortez de là, je dis. Immédiatement.

— Alors, il dit, on est si farouche ?

Il s'avance vers moi. Il est grand et costaud. Trente-cinq, quarante ans, les cheveux noirs, la bouche mince. Il a un complet en coutil rayé. Ça prouve rien, tout le monde en a, cet été. Un chapeau clair. On ne peut rien dire de ce type-là.

— Restez où vous êtes, je dis.

— Allons, ma petite, il répond, fais pas l'imbécile et viens avec moi. Faut qu'on ait une gentille conversation ensemble.

— Restez là, je dis.

Il s'arrête.

— Qu'est-ce que vous voulez savoir ? je demande. Vous me prenez pour une agence de renseignements ?

— Qu'est-ce que vous faisiez dans une Buick hier devant chez Gaya Valenko ?

— Vous êtes ivre ? je demande.

Je me déplace peu à peu pour gagner une position plus commode. Il a pas l'air de s'en apercevoir.

— Vous étiez deux, il dit. Un type est sorti d'ici il y a un peu plus d'une heure. Qu'est-ce que vous veniez faire chez les Valenko ?

— Je ne connais personne qui s'appelle comme ça, je dis.

Et puis je feinte à droite et je place mon gauche. Ça arrive en direct mais il tombe pas. Ça me surprend.

— Mince, il dit.

Et puis on se met à se bagarrer ferme. J'en bloque un qui était bien parti ; ce salaud le double et ça m'arrive sur l'oreille comme un presse-papier en fonte. Mais celui qu'il prend sur le nez est pas piqué des vers non plus. En même temps, je me laisse choir et je lui ramasse une patte. Maintenant, je suis assis sur lui et je lui tortille le pied d'une drôle de façon, ça n'a pas l'air de lui plaire. Ce cochon-là est fort comme un ours, et ma jupe me gêne pour me battre. Il réussit à se retourner et m'envoie bouffer le ciment ; heureusement, j'amortis avec mon avant-bras, et c'est mon pied à moi qui trinque maintenant. Moi aussi, je sais me sortir de cette clé-là. Bon Dieu, que ça fait mal. Pendant toute cette bagarre, on dit pas un mot pour ne pas ameuter les gens du club, et c'est bien désagréable de ne pas pouvoir engueuler ce grand veau. Il est pas tout à fait placé comme il faut pour sa prise ; je profite d'un effort qu'il fait pour rectifier la position et je me glisse un bras dans le collier. Maintenant, il est obligé de me travailler un bras et une jambe à la fois, ça lui donne plus de mal... Il s'attendait pas à celle-là, c'est un truc à moi, faut avoir les reins souples. Si j'avais le cinéma, je vous ferais un gros plan, maintenant, parce que j'ai réussi à me remettre sur le côté et j'ai sa cuisse près de ma mâchoire... dans ma mâchoire... et je mords. Là, il laisse échapper un subtil grognement et lâche tout. Je me relève, assez de catch, je lui attrape le bras et il s'envole... mince, il a l'air de connaître le judo aussi, c'est moi qui me balade au bout de ses pieds... bing... que ce ciment fait mal au dos. Ce coup-ci, on revient à la boxe ; on y va franco et on s'écroule tous les deux ; je saigne du nez, il a un œil fermé ; on est assis par terre, on se regarde et on se met à se marrer. Ça, ça désarme.

— Merde... il dit. Moi, je vous prenais vraiment pour une fille.

— Bon, moi, je vous prenais pour un mollasse, je réponds, mais je me suis gouré, on dirait.

Il se relève.

— Allez, il dit, ça va... On n'y arrivera pas. Je suis Jack Carr — flic privé — engagé par Salomon Valenko pour surveiller sa fille — et je voudrais savoir pourquoi vous avez pris en chasse Donna Watson hier après-midi.

Au fond, ce gars n'est pas déplaisant. Je me relève.

— C'est vrai, ça ? je demande.

Il me tend son portefeuille, il a une licence et tout ce qu'il faut. Il est même ancien flic.

— Pourquoi vous me bourrez le crâne, je dis. Y a pas un flic privé qui sache le catch et le judo comme ça. Vous êtes un gars du F.B.I. ou alors je ne m'appelle plus Francis Deacon.

Mince. Ça, c'est ce qu'on peut appeler une... bêtise. Enfin, c'est dit.

— Francis Deacon ? il fait. Ravi de vous connaître.

— Mettons que je n'aie rien dit, je réponds. Ici, je suis Diana. Et dans dix minutes faut que je m'en aille. Alors, grouillez-vous de m'arrêter.

Il se marre.

— Tout est très clair, il dit. Au fait, je vous signale tout de suite que....

Bon. Ça t'apprendra à mettre ta main dans ta poche. Il en récolte un à la pointe du menton qui n'est pas dans une musette. Cette fois, il y va. Je le rassemble et je le range dans un coin, et puis je me grouille de mettre *Kane junior* en marche et de me barrer ; si ça me prend cinq minutes, c'est un maximum ; et, là-dessus, j'ai eu le temps de me repoudrer.

CHAPITRE XVI

Je vais à vingt milles à l'heure à peu près et ça fait déjà du bruit, sur la flotte. Pour retrouver l'entrée du canal, il faut que je parte dans le mauvais sens, l'entrée est en face de l'île Théodore-Roosevelt — et sur le canal, attention aux péniches, ces andouilles-là en collent tout du long, tirées par des chevaux, pour des promenades, à quoi ça ressemble, je me demande.

Je réfléchis à ma pénible situation. Me voilà avec la police fédérale aux fesses, c'est normal, d'ailleurs, puisqu'il s'agit d'une affaire de drogue, mais, bon Dieu, pourvu qu'ils n'aillent pas voir là-dedans un rapport avec le Chinetoque... décidément, je suis mal embarqué.

Voilà l'entrée. La barre à bâbord toute ! *Kane junior* file comme un vrai petit cheval marin et le moteur ronronne à croire qu'on lui a collé toute une assiette de crème Chantilly devant le nez.

J'ai la veste en toile huilée jaune de mon frangin et je suis tout plein mignon là-dedans.

Mais que c'est loin. J'ai l'impression de ne pas bouger. Les gars qui ont construit ce canal se sont donné un mal de chien pour le faire le plus long possible, on dirait.

Je dépasse divers machins. Me revoilà à la hauteur du club nautique. Je presse un peu pour pas qu'on me reconnaisse trop. Mais, avec ce damné bateau, j'ai pas beaucoup de chances de passer inaperçu.

....

Ça fait bien une heure que je fonce, pensant à des tas de choses, à moitié ensommeillé. Je me repère plus ou moins d'après les embarcadères privés qui longent le canal des deux côtés, de place en place.

Depuis longtemps, j'ai dépassé Little Falls, et, voilà dix minutes, Calvin John Creek. Je me rapproche quand même.

Bon Dieu, que j'ai sommeil. Je regarde devant moi par habitude, mais, vraiment, je ne me rends compte de rien.

Il y a des petits bateaux quelquefois. Et de la végétation qui borde le canal. Là-bas, devant moi, à droite, un arbre dont les branches traînent presque dedans... Non... c'est une apparence, il est en retrait du chemin de halage. Je le regarde en passant. Et bang ! Je rentre dans une vedette minuscule.

Sacré bon Dieu ! Ou plutôt mille sabords, puisque je suis sur un bateau.

Evidemment, *Kane junior* n'a rien... il en a vu d'autres. Je ralentis. Personne n'a rien vu, par miracle le canal fait un coude à cet endroit-là... après tout, c'est peut-être pour ça que je suis rentré dans l'autre bateau.

Il a coulé à pic... je reviens sur le lieu de mon crime. Il y a quelque chose qui flotte, je sais ce que c'est, je croche et remonte le tout dans le bateau. En vitesse.

C'est une souris. Pour changer. Non, je ne me fous pas de vous... je veux bien être crucifié si toute cette histoire n'est pas la vérité pure et simple.

J'ai à peine fini de la camoufler sous un bout de toile et de ramasser les coussins de son bateau qui se sont mis à flotter, et voilà qu'une série de canots à moteur descend le canal.

Je l'échappe belle, encore une fois. C'est plein d'étudiants et ils me crient des choses flatteuses. Je leur fais signe de la main et j'accélère. Allons, *Kane*... un peu vite...

L'eau jaillit des deux côtés de l'étrave et le bruit du moteur se change en un beau grondement.

Je regarde ma montre. En dix minutes, je peux être au rendez-vous et ça m'en laissera vingt pour m'occuper de cette fille que je viens de flanquer dans la flotte.

J'ai déjà tellement d'emmerdements sur le dos que ça m'a laissé complètement froid... c'est à peine si je me sens réveillé.

D'une main, je découvre la figure de ma victime... comment voulez-vous que je l'appelle ?

Mais, on dirait qu'elle respire pas beaucoup.

Je me penche et, sans lâcher le volant, je la secoue un peu. Allez... réveille-toi, bourrique.

Un petit soupir. J'aime mieux ça...

Et des signes éventuels de mal de mer... allez... je l'empoigne et je lui colle la tête par-dessus le bord du bateau. Que l'eau du canal retourne au canal... c'est logique et rationnel. Le vent de la course disperse tout ça.

Bien. Ça va mieux. Maintenant, elle ouvre les yeux, elle me regarde et se met à chialer.

Ça, c'est plus gênant que tout.

— Mon... mon bateau... elle fait. Qu'est-ce qui est arrivé ?

Elle est obligée de crier à cause du moteur.

Risquons le coup.

— Je sais pas, je crie à mon tour, mais je sais que vous étiez en train d'en boire une vraie tasse.

— C'est vous qui m'avez sortie de là ? elle demande.

Elle a l'air étonné. Bon sang de bois ! Je me rappelle que je suis en fille... mon langage, sacré nom !

— J'ai eu du mal, vous savez, je dis. Je m'appelle Diana. Et vous ? Je crois que votre moteur a dû exploser.

Sûr qu'elle n'entend rien à la mécanique, y a pas une souris qui y comprenne quoi que ce soit, elles confondent l'admission avec l'échappement et prennent les bougies pour un éclairage de secours.

— Oh ! elle crie. Alors, j'ai plus de bateau ?

Sur mon signe négatif, elle chiale derechef. Elle est mignonne, cette fille.

— J'en ai un dont je ne fais rien, je lui hurle. Je vous en ferai cadeau.

— Pourquoi ? elle demande. Vous ne me connaissez pas.

— Ça fait rien, je réponds sur le même ton. Je vous trouve gentille.

Et là, je ne mens pas. Elle est blonde, avec des cheveux tout courts et des yeux bleus, elle a un petit nez en l'air et une bouche au pinceau... des dents parfaites et puis elle est trempée... ça la moule... je ne vous dis que ça. Un coup d'accélérateur.

— Oh ! elle glapit, vous êtes un amour. Faut que je vous embrasse. Je m'appelle Sally.

Elle m'embrasse. Un baiser très frais. Et tout mouillé.

— Ne prenez pas froid, je lui dis dans l'oreille. Enlevez votre sweat-shirt et mettez ma veste.

Pas la moindre hésitation, vu qu'on ne se gêne pas entre filles. Zut, alors. Elle a de petits seins... un délice. Et dire que je lui donne ma veste pour cacher ces joujoux mignons. *Kane junior* fait une embardée. On dirait que je me réveille. Et puis, c'est chou de se parler à l'oreille comme ça.

— Je vais vous emmener à Cock's Inn, je dis. Vous vous sécherez et je vous ramènerai.

— Mais c'est vrai, elle répond. J'habite pas du tout par là. Où allez-vous, Diana ?

— J'ai rendez-vous à Cock's Inn, je dis. Mais seulement dans une demi-heure et je suis en avance.

D'ailleurs, on y est effectivement. Je stoppe le moteur et je laisse courir le bateau. Les deux gerbes d'écume de l'avant retombent peu à peu, le bateau redevient horizontal. Je le dirige vers l'appontement privé de l'auberge. Ce silence tout à coup, ça vous assourdit. On a un grand vide dans la tête.

Je prends pied sur l'appontement et je ficelle *Kane* à un poteau. Il y a déjà deux ou trois petits hors-bord. J'aide Sally à débarquer. Elle flageole sur ses jambes.

— Ce que vous êtes forte, elle dit.

— Vous êtes si petite, je fais.

On galope jusqu'à l'auberge et je demande une chambre avec plein de serviettes.

Vous remarquerez une chose. Si j'étais un homme, jamais on ne me la donnerait. Ou, au moins, il faudrait que j'arrose. Là, pas la moindre difficulté.

— Mon amie est tombée à l'eau. Elle va rester ici pour se reposer de ses émotions. Montez deux martinis bien secs.

— Parfait, me dit l'employé.

C'est une petite auberge en brique rouge et en bois, avec des rosiers, des tables sur la terrasse, au bord du canal, un étage. Des meubles campagnards qu'ils disent. Genre simple : papier à fleurs et merisier. De la moquette par terre, quand même dans les chambres. Faut de la simplicité, mais pas abuser. On a une chambre sur le canal. J'ai un quart d'heure devant moi.

— Déshabillez-vous vite, je dis. Je vais vous frictionner. Ou plutôt, non ! d'abord une douche.

Je l'entraîne vers la salle de bains et je la frotte un bon coup avec un gant de crin, sous la flotte. C'est ferme, c'est bien doré, c'est vraiment très, très mignon.

Vite, vite, je la ramène dans la chambre. Je l'entortille dans un peignoir et je la sèche en un rien de temps.

Oh ! au diable. On va bien voir... mince, on frappe. Ah ! les martinis. Je les prends, je referme.

On boit cul sec. Ça la fait tousser et rire.

On va bien voir si elles sont toutes comme ça... Je l'empoigne et je la colle sur le lit. Et là, je me mets à lui embrasser tout ce qu'elle a de mieux sur elle. Ça fait plusieurs endroits.

Eh ben ! je prends une de ces paires de baffes !...

J'en ai la tête qui sonne.

— Vous êtes folle ! elle me dit.

— Excusez-moi...

Je suis piteuse, piteuse. Oh... et puis zut. Pour une fois que j'en tiens une... une vraie.

— C'est idiot, je dis. Je m'appelle pas Diana. Je suis un garçon.

— Je ne vous crois pas, elle fait.

Ça, c'est le comble.

Je soulève mon pull-over et je lui montre mes faux seins.

— Regardez, je fais.

Et je tire dessus comme sur de la gomme à chiquer.

Elle regarde.

— Et alors ? elle dit. C'est pas parce que vous êtes un garçon... si c'est vrai... que vous avez le droit de m'embrasser.

— J'ai pas pu résister, je réponds.

Elle s'entortille dans le peignoir.

— Vous êtes un cochon, elle dit. Pourquoi vous vous habillez en femme ? et pourquoi avez-vous pris le bateau de Richard Deacon ? C'est pas lui qui aurait fait ça... Je me demande si je ne devrais pas vous faire arrêter.

Ça, alors, si vous avez jamais vu un homme soufflé, regardez-moi maintenant. Et comme d'habitude, je lâche le paquet.

— Vous connaissez mon fr...

Je me retiens. A temps ? heu...

— Vous êtes son frère ?

Elle comprend vite, cette petite.

— Pas exactement, je dis.

— Francis Deacon ? Vous êtes celui qu'ils recherchent ?...

— Non, je dis. Croyez pas ça.

Elle me scrute intensément.

— Mais si, elle dit. C'est vous. Je vous ai vu une fois au club nautique, de loin. Alors, c'est vrai ? Vous avez tué le Chinois ?

Elle laisse tomber son peignoir, du coup. Elle porte les deux mains à ses seins, elle me sourit et puis, elle me tend les bras...

— Francis.... mon chéri... elle dit. Vite, vite...

Ah ! M...

Je ne me fais pas prier, naturellement... mais quand même !...

Je vous jure et je vous affirme qu'elles se rendent pas compte !

CHAPITRE XVII

Un quart d'heure, ce n'est pas beaucoup pour détailler les charmes divers de cette adorable Sally et j'ai juste le temps de lui bâcler un échantillonnage de ce que je sais faire. Sans nul doute, elle a de bonnes dispositions et c'est une plante à cultiver. Elle a une peau délicieuse, elle sait embrasser ; pour le reste, on voit qu'elle manque de pratique, mais elle se prête à tout... d'ailleurs, je ne fais pas grand-chose... je butine. Tout de même, malgré ma fatigue, au bout de dix minutes, j'arrive à m'énerver, mais elle me fait retomber sur le dos et se glisse contre moi.

— Mon tueur... elle murmure. Mon tueur chéri... fais-moi mal.... mords-moi.

— Oh ! la barbe, je lui dis. J'ai tué personne.

Je vais un peu fort... j'ai idée que ça va rompre le charme, mais je m'assieds, je la couche sur mes cuisses et je lui fous une fessée. Elle frétille comme une anguille, elle réussit à se dégager et à me remettre sur le dos et elle me ressaute dessus. Je regarde ma montre. Plus que trois minutes.

Elle se démène, un vrai plaisir. Elle est pleine d'entrain, cette petite gosse.

— Etrangle-moi... elle dit. Fais-moi mal.

A la longue, ça me fait juste l'effet qu'il faudrait pas... J'abandonne le champ de bataille et elle s'en aperçoit et fait une drôle de tête.

— Je ne te plais pas ? elle dit.

— Si tu la fermais, je réponds, on aurait peut-être pu arriver à quelque chose, mais tes boniments à l'huile de noix de coco, ça m'inspire pas.

— Oh !... elle répond... Francis... tue-moi... Je suis trop malheureuse... Tue-moi comme tu as tué le Chinois.

Je l'écarte de moi et je me lève.

— Ce qu'il faudrait, je dis, c'est un vrai dur, bien vache, qui te dérouille et qui te colle une bonne maladie. Ça, ça serait chouette.

Pendant ce temps-là, je me rhabille... en fille, toujours. Je suis déjà cinq minutes en retard et j'espère que Ritchie ne va pas s'inquiéter en trouvant *Kane junior* et personne dedans.

— Francis... elle murmure timidement.

Je vais à la fenêtre et je regarde le canal. Un bateau s'amène et s'arrête. C'est probablement Ritchie. Faut que je file.

— Reste là, je dis à Sally, et attends que je revienne. On s'expliquera pour de bon.

— Vous reviendrez ? elle demande.

Elle est mignonne, cette idiote. Je reviens vers le lit et je l'embrasse sur les deux joues, comme un frère. Elle a une moue de petite fille qui a fait une bêtise et qui ne veut pas pleurer, mais qui se punit elle-même en allant au coin.

— Mon chou, je dis, je suis vraiment pressé et on peut rien faire de bien comme ça. Attends-moi sagement, je serai là dans une heure.

— C'est vrai ? elle dit.

— Juré, je réponds.

Et je file.

Arrivé sur la terrasse, je galope jusqu'au petit appontement. C'est bien Ritchie. Il s'est arrêté près de *Kane junior* et il regarde les coussins, un peu étonné.

Je saute dedans, je détache la corde et je lui explique en cinq sec ce qui m'est arrivé, y compris le gars dans le box et la dérouillée qu'on s'est filée.

Ritchie aime pas du tout ça.

— Je comprends plus grand-chose, il m'avoue. Enfin, j'ai le macchabée, il est habillé et camouflé, et j'ai un demi-litre de sang en réserve pour arroser le bateau.

Oh ! toutes ces histoires me soulèvent le cœur.

— Ritchie, je dis, t'as choisi un drôle de métier.

Il proteste vigoureusement.

— Dis donc, qu'est-ce qui s'est fourré dans cette histoire sordide ? il me demande. C'est toi ou moi ?

Pendant qu'on discute, on file bord à bord vers la maison de son copain. C'est à un mille à peu près, le garage à bateaux est juste au bord de l'eau et on peut y entrer *Kane junior* presque en entier. Comme ça, personne ne verra grand-chose.

Je ficelle *Kane* à un anneau, je saute sur le ciment.

Je regarde, il y a une porte vitrée au garage et la Buick de Ritchie est là-derrière.

— Tu l'as... heu... tu l'as amené là-dedans ? je demande.

— Oui, dit Ritchie. Il y est. Va le prendre et amène-le ici.

J'y vais. Pas le moment de mollir. C'est un grand sac de toile raide comme les sacs à linge de l'armée.

Il est lourd, la rosse. Je réussis à le trimbaler jusqu'au bateau.

— Enlève le sac, dit Ritchie.

— Je veux bien, je dis, mais j'aime mieux pas trop regarder.

— T'as de la veine, fait Ritchie. Il te ressemble un peu et il est jeune.

— De quoi il est mort ? je demande.

— Congestion cérébrale, me dit Ritchie. Mais avec le pruneau qu'on va lui mettre dans le crâne, personne ira rien y voir.

Je déglutis péniblement.

— Heu... je dis. Tu vas le faire, hein, Ritchie.

Je regarde Ritchie qui rigole. Il a retiré le sac. Je détourne la tête et puis je file juste à temps, je passe la porte et je suis malade contre le mur du garage.

Je reviens avec les jambes qui tremblent.

— C'est des vrais fumiers d'avoir fait ça au vieux Wu Chang, je dis.

Et ça me redonne du courage. Faut quand même qu'on poire cette bande de truies.

Je sors le calibre du coffre du bateau et je l'arme.

— Passe-moi ça, dit Ritchie.

— Ça va, je dis, c'est fini. Je suis d'attaque.

Il me montre la direction.

— Tire là... il fait. Dans ce sens-là. Attends !

Il prend un bout de bâche qui traîne dans le coffre et couvre la figure du gars. Il le tient assis sur le siège du bateau.

— Faut pas que ça nous saute dessus, il fait. Vas-y maintenant. Là-dedans.

Il me tend un vieux foulard, je comprends et j'entortille le revolver dedans pour étouffer le bruit. Je passe, comme il m'a dit, le canon entre les dents du mort. J'appuie.

— Ça fait un bruit sourd et ça me secoue le bras. Ritchie retire son bout de tissu. Je regarde pas.

— Brûle le foulard, il fait. Avec un peu d'essence.

Je m'occupe de ça dans un coin et j'entends le glou-glou d'une bouteille qui se vide. Il doit fignoler le maquillage.

— Maintenant, il dit, prends ton carnet et écris que tu en as marre et que tu préfères finir comme ça.

J'obéis. Je fais tout machinalement. Le foulard finit par brûler avec une flamme fumeuse et une odeur de laine brûlée presque intolérable.

Quand j'ai fini d'écrire, je dis à Ritchie :
— Qu'est-ce que vont penser les parents ?
Ça le laisse froid.
— Ça fait rien, il dit, dans deux jours tout ça sera fini.
— T'es optimiste, je fais.
Il me secoue et me tend un flask.
— Ecoute, Francis. Toi, t'es un dégonflé. Bois ça et remets-toi. Tu finis par me démoraliser moi-même. Enfin quoi, tu t'en fous de voir Gaya devenir ce qu'elle devient ? Et tous les autres pauvres dro-gués qui sont dans le même état qu'elle ? Tu me débectes. Je reconnais qu'on fait des conneries, mais qu'est-ce que tu veux, on peut pas toujours rester à se tourner les pouces pendant que les salopards font leurs saloperies impunément.

Moi je pense que l'autre zèbre est là dans le bateau et que, plus on reste, moins c'est sain.

— Allons-y, je dis. Regarde dehors et si y a rien, on sort *Kane junior* et on le pousse dans le courant.

Ce qui est fait. On remonte dans l'autre bateau, on tire *Kane* au milieu du canal, en laissant la bâche sur l'avant... ça vaut mieux. Et puis on lâche tout et on revient en vitesse. On amarre le bateau à sa place, on referme la porte du garage et on se tire. La Buick est là.

— Tu sais où on va ? je dis à Ritchie.

— Chez Louise ? il fait.

— Chez Louise, je réponds. Faut voir de quoi il retourne.

CHAPITRE XVIII

A vrai dire, j'ai complètement oublié Sally et ça vaut probablement mieux parce que j'ai autre chose à faire maintenant. On fonce le plus vite possible, mais pas assez pour se faire repérer par les flics, ce qui serait malsain. Toujours ces flics. J'ai jamais tant pensé à eux que depuis que je joue au flic moi-même.

La Buick fonce dans la nature.

Je me rappelle le flask de whisky que Ritchie m'a passé tout à l'heure et je le lui demande.

— Oh... Ritchie... donne-moi à boire.

— Tu as tort, il répond.

Et il me tend la bouteille.

— Non, je dis.

Je bois une bonne gorgée.

— J'ai besoin de me remonter le moral, j'ajoute. Je me sens pas bien, et puis j'ai pas du tout idée de la façon dont on va opérer là-bas.

— On verra bien, dit Ritchie.

— Tu sais ce que nous a dit Donna, je lui rappelle. Si Louise Walcott nous pince, elle nous coupe tout.

— Je m'en fous, dit Ritchie. Elle cassera toutes ses lames sur moi.

— Dis donc, je lui réponds, c'est joli de se vanter, mais t'exagères un peu, quand même.

— Des clous, dit Ritchie.

— Souffle dans ma direction.

Il souffle et je m'aperçois que ce salaud-là pue le whisky à plein nez lui-même. Fallait vraiment que j'aie les chocottes pour ne pas m'en être aperçu tout à l'heure.

— T'as pinté, je fais.

— Pas du tout, dit Ritchie. Regarde. Je vais tout droit.

Je regarde la route, y a justement un beau virage.

— Pas là, je dis. Attends un peu plus loin, Ritchie.

Il accélère.

— Comme dans les films de gangsters, il fait. Ecoute les pneus.

On entend Bjjjuii... Si vous voyez ce que je veux dire...

— Elles sont en bon état, tes chaussettes ? je lui demande.

— Je sais pas, je m'en occupe jamais.

— Tourne à droite.

On vient d'arriver à Potomac Road et c'est là qu'on va. Tout droit jusqu'à Falls Road. Droit, c'est une façon de parler parce que, vers Falls, ça grimpe et ça se tortille.

— Appuie, maintenant, je dis. Y aura plus de représentants de la loi.

On roule et on roule. Il y a là une dizaine de milles à faire. L'affaire d'un quart d'heure à cette allure-là.

Même pas. Douze minutes. On est déjà venus là... ça me rappelle une fille sur le bord de la route...

C'est juste à ce moment-là que je repense à la petite Sally.

— Ritchie, je fais. Sally, tu la connais du club ? Une petite de dix-sept ans ?

— Oui, il dit. Elle en a l'air.

— Tu la connais bien ? je demande.

— Oh ! il fait, je l'ai grimpée, comme les copains.

— Ah ! je dis, un peu refroidi, tout le monde y passe ?

— Pas exactement, dit Ritchie. Elle ses têtes.

— Façon de parler, je fais. Tu crois qu'elle va m'attendre longtemps ? Je lui ai dit que je revenais dans une heure.

— Oh ! elle roupillera, répond Ritchie. Il est déjà tard.

Le fait est qu'avec tout ça, il est quatre heures et demie, mais, au mois de juillet, on peut pas dire que ce soit très tard.

— Ritchie, on va pas aller tout de suite là-bas. Faut qu'on se repose avant, je propose.

— T'es sinoque, dit Ritchie. Tu te dégonfles.

— Oh ! ma mère.

Je me sens très pauv'petit garçon à sa maman.

— Alors, appuie, cochon, je conclus.

C'est Falls Road et on tourne à gauche au lieu de s'y engager.

Et Ritchie appuie, mais pas pour longtemps parce qu'on dirait que ça approche vraiment. Il se range au bord de la route. A trois cents mètres devant, il y a une grande bâtisse blanche dont on voit un bout à travers les arbres. Des ormes, pour sûr.

Ritchie regarde et il me dit :

— On peut rien faire. Trop jour.

— Tu te dégonfles, je fais.

— Penses-tu, il dit. On se repose et on y va. Ça nous fera du bien.

— Ah ! mince, je réponds. T'aurais pu me prévenir. J'aurais été retrouver Sally.

— T'aurais tort..., dit Ritchie en me regardant.

— Pourquoi ? je demande.

— T'as envie de te soigner ? il fait.

— Oh ! zut, alors. Une môme à qui on donnerait le bon Dieu sans confession.

C'est inouï, les souris. Positivement, elles se rendent pas compte.

— Mince, je dis à Ritchie, je l'ai échappé belle.

— Tu as toujours été verni, il fait. Je te préviens aussi qu'elle a pas dix-sept ans. Elle en a vingt-huit. Viens roupiller.

Je suis écroulé.

On reprend la bagnole et on repart. On dépasse la maison, il peut pas y avoir d'erreur, c'est la seule. Et puis on tourne dans le premier chemin et on range la Buick, prête à repartir dans le bon sens.

On s'étale sur le dos, les mains croisées sous la nuque.

Il y a plein d'arbres, par là, et la campagne est jolie. Je regarde ça un bout de temps et, tout d'un coup, je vois un mec qui sort je ne sais pas d'où. Il a un œil au beurre noir, il est grand et costaud. Je reconnais sa bouche. Elle est un peu enflée. Il a un complet de coutil rayé.

— Allez, Francis, il me dit. On remet ça un petit coup... Il me faut ma revanche.

C'est mon G man. Je regarde Ritchie. Il bouge pas. Je m'aperçois qu'un autre mec le couvre avec un vrai égalisateur de professionnel, un truc qui fait au moins cinq centimètres de calibre.

Rien à faire.

— Vous voulez une démonstration ? je demande.

Et puis je le feinte. Je lui attrape le bras et il vole. C'est la seconde fois que je lui fais ce coup-là.

En attendant, il me passe une de ces planchettes... Enfin... faut souffrir. Je me dégage. Il y a tout de même des trucs, un bon atemi bien placé, qui vous vengent.

Je porte pas les coups à fond, lui non plus... On n'est pas des sauvages.

On s'amuse cinq minutes et on est en sueur tous les deux.

— Si j'avais pas cette jupe d'andouille, je lui dis, ça irait plus vite.

Il s'arrête.

— Ça suffit, il dit. A part ça, on vous a jamais dit que vous étiez un triple c... ?

Je reste la bouche ouverte. Il en profite, il me sonne à la pointe du menton. Je m'effondre et il me ramasse affectueusement.

— Je vous devais ça, mon coco, il dit. Je suis pas fâché du tout, mais je vous le devais. Au fait, je vous préviens tout de suite... le Chinois n'est pas mort.

J'ai la bouche un peu pâteuse, mais ça m'aide à sortir mon langage le plus fleuri.

— Vous, les cognes, je dis, vous êtes une bande de faux frères. Toujours avec votre manie de filer des coups de gomme à effacer le sourire sur la boîte à réflexion des mecs, vous me faites mal au sein gauche.

— Au fait, demande Ritchie, si vous nous disiez ce qu'on a fait de mal ?

— C'est entre nous deux, dit le flic.

Je me rassemble — je simulais un peu — et j'y vais à mon tour. En plein dans l'estomac. Il se plie et je lui ramasse le blair avec mon genou.

— Comme à la foire, je fais. On gagne à tout coup.

L'autre flic se met à se marrer.

Ben, ces deux-là, ils sont pas ordinaires. Le premier se redresse, il se sent mal.

— J'abandonne, il fait. Ça va, Francis, on est copains.

Il se tamponne la tronche, il le mérite bien, j'ai les genoux durs. Et on se met à parler comme de bons copains.

Comment ça se fait que vous êtes ici ? je demande.

— Et vous ? il dit.

— Ecoutez, je fais, je suppose que vous êtes un fédé ?

Il acquiesce.

— Bon, je dis. Et vous vous appelez pas Jack Carr ?

Il se masse les tripes.

— Jack Carruthers, il dit.

Mince, ce nom-là, je le connais.

— Bon sang, je dis. Mais alors, c'est une grosse affaire, alors.

Il a l'air plutôt flatté. Maintenant, il se tâte le nez avec précaution.

— Il y a des flics tout autour de la maison, il fait. Vous étiez signalés par walkie-talkie.

— Vous m'arrêtez pas ? je fais.

Il sourit.

— Ça ennuierait votre père... ça vous ferait pourtant du bien... mais je vous répète que vous ne risquez rien... le Chinois a parlé.

— Les journaux ? je demande.

— Baratin, il dit. Un piège pour la nommée Walcott.

Je regarde Ritchie.

— Tu vois, je fais. Je te l'avais bien dit.

— Amenez-vous, venez voir Louise. On est déjà dans la place.

— Comment ? je demande.

— Gaz lacrymogène.

Il se dirige vers la route.

Je le suis.

— Venez, il dit à Ritchie.

— Ça me fait suer, répond Ritchie. Moi, cette poule-là, je la connais pas. Je vais roupiller dans la bagnole. J'ai du retard.

Il remonte dans la Buick avant qu'on ait pu faire un geste pour l'empêcher et se colle derrière le volant.

Il a l'air de s'installer peinard.

Et tout d'un coup, le moteur ronfle et il démarre en trombe.

Bang ! Bang !... Bang !...

C'est Carruthers et l'autre flic qui ont tiré sur la bagnole, mais elle a déjà tourné le coin. Je regarde Carruthers, suffoqué, et puis je prends un gnon sur le crâne.

Avant de partir, j'ai juste le temps de me dire que c'est un coup de crosse, mais que les calibres des vrais flics sont tout de même pas si lourds.

CHAPITRE XIX

Je me retrouve — si on peut appeler ça se retrouver, car j'ai l'impression d'en avoir des morceaux qui manquent — dans une pièce vide aux jalousies fermées. Il fait encore jour et il en passe suffisamment pour éclairer l'endroit, dont les murs sont blancs et nus.

Je mâchonne cinq minutes une langue comme une éponge et je réussis à retrouver un peu de salive dans un coin de ma bouche.

J'ajoute, pour la clarté du récit, que j'ai les mains ficelées derrière le dos et que c'est ça qui me fait l'effet d'avoir des morceaux qui manquent. Je remue les doigts le mieux que je peux pour essayer de rétablir la circulation et je tente de me redresser. Je suis allongé au pied d'un mur, le nez vers l'angle du bas et c'est pas confortable.

Je ne suis pas seul, on dirait. Il y a deux autres locataires. Une femme, la tête sur la poitrine, assise le dos au mur comme moi, à ma gauche, et, à côté d'elle, une forme allongée.

J'y vois de mieux en mieux.

— Qui êtes-vous ? je demande à voix basse.

— Donna Watson... la pauvre Donna Watson... elle dit.

— Donna... c'est Francis.

Elle se met à se marrer, d'un rire bas et rauque, atroce, j'en ai froid dans le dos.

— Et là... elle dit, c'est John... un certain John Payne... un type qu'on appelait John Payne...

J'ai les foies. Elle est impressionnante.

— Donna... je dis... calmez-vous... Qu'est-ce qu'il y a ? On s'en tirera...

— Comme John, elle dit. Comme le gars qui s'appelait John Payne avant que Louise Walcott ne le taillade à coups de rasoir.

Du coup, je réussis à me mettre debout en m'arc-boutant contre le mur.

— Donna, je dis, pour l'amour de Dieu, fermez ça et cessez de dire des conneries.

Sa tête retombe et elle se tait. Je suis debout, tout ankylosé, ils m'ont sévèrement tabassé.

Je sautille jusqu'à John — si c'est lui. Il est allongé à côté de Donna, les bras liés derrière le dos, comme elle et moi, sa figure est blanche. Il est vêtu de clair. Son pantalon est taché de sang. Une énorme tache, monstrueuse. Du sang a coulé autour de lui. Il trempe littéralement dedans.

— Il est mort, dit Donna. Il a hurlé pendant vingt minutes, et il est mort. A coups de rasoir, elle l'a massacré...

— Assez, Donna, je dis.

J'éprouve à ce moment, pour cette Louise Walcott, une haine aveugle, une envie de la mettre en charpie.

— Donna, je dis, il faut qu'on sorte de là.

Elle rit, un rire bas et sinistre.

— Toi, Francis, elle dit, tu passeras aussi au rasoir. Moi, ça sera le fer rouge. Un boulon de fer, rougi à la lampe à souder... Et elle me le mettra là...

— Donna, je dis, on va sortir de là.

Je regarde les cordes de mes pieds. Elles sont grosses, mais ça ira.

— Roule-toi sous la fenêtre, je dis.

Elle ne comprend pas.

— Va te mettre sous la fenêtre en roulant sur toi-même, je répète.

Elle y va.

— Pour amortir le bruit du carreau que je vais casser, je lui explique. Faut pas que les bouts fassent du bruit en tombant.

Je la rejoins à la fenêtre, en essayant de sautiller silencieusement.

Je m'appuie contre le carreau. La jalousie du dehors est baissée, je vous l'ai dit... et c'est une veine.

Je pèse lentement contre le verre. Pourvu qu'on n'entende pas le bruit.

Tac... ça casse. Il en tombe un grand bout sur Donna, la pointe lui entre dans le dos. Elle sursaute, mais elle dit rien.

J'ai réussi. Il y en a un morceau qui est resté sur le côté du trou que je viens de faire.

— Ecarte-toi maintenant, je dis. Sans bruit.

Elle obéit. Je prends sa place, je réussis à passer un soulier de chaque côté du bout de carreau qui reste.

J'ai les chevilles serrées et il faut que le carreau passe entre quand il aura coupé le premier tour de corde. Je lève et je descends mes pieds avec précaution.

Ça y est. Un des tours a cédé. Les autres ne bougent pas. Nœuds multiples. Il faut les scier l'un après l'autre.

Quand je passe mes chevilles, je sens ma viande qui reste sur le carreau mais je serre les dents ; ça opère, le quatrième, le cinquième sautent.

Mes jambes sont libres. Quelques flexions.

Il ne s'agit pas de s'endormir. Mais qu'est-ce qui arrive ? On marche dans le couloir.

Deux, trois flexions en vitesse.

— Allonge-toi, Donna, je dis très vite. Bouge plus. Fais la morte.

Je me rassieds près d'elle à croupetons. La porte s'ouvre. Une femme entre. Je la surveille sous mes cils baissés. Je connais cette tête.

Louise Walcott.

Elle est seule. Elle referme la porte.

Elle a un truc brillant à la main. Un rasoir. Elle a une robe noire très décolletée, impeccable. Plus belle et plus garce que jamais.

— Tiens ?... elle dit. On avait chaud ? alors, on casse les carreaux... Ou pour appeler, peut-être ?

Elle se marre.

— T'auras plus chaud que ça tout à l'heure, Donna Watson, elle dit.

Elle s'approche de John Payne.

— Il est mort ? elle dit. C'est marrant, les hommes, ils peuvent pas vivre sans ça.

Cette voix qu'elle a, la mégère ! Elle vient vers moi.

— Tu vas en prendre quelques coups aussi, mon minet, elle dit. Ça te fera les pieds. Allonge-toi. C'est juste un hors-d'œuvre.

Je bouge pas. Elle se rapproche encore. Ça y est. Elle regarde son rasoir.

— Il est pas trop bien affûté, elle dit. Il a déjà servi pour John.

— Pourquoi vous voulez profiter du spectacle toute seule ? je demande. Y a pas d'amateurs, dans la maison ?

Elle recule d'un pas.

— Tiens ! tu retrouves ta langue, elle dit. Après tout, comme tu vas perdre le reste... mais pas tout de suite. Cette fois, je suis juste venue te donner un avant-goût. Viens. Regarde.

Elle m'empoigne par le col et me tire jusqu'à John.

— Regarde, elle dit.

Bon Dieu !

Je suis mieux placé, c'est ce que j'attendais. Je ne sais pas si vous avez entendu parler, au catch, d'un truc qui s'appelle le ciseau de volée.

Je bondis, et mes jambes projetées en l'air se referment autour de la taille de Louise Walcott.

J'ai envie de crier de joie car j'entends un bruit sec par terre. Elle a lâché le rasoir. Je fais un effort terrible et je la bascule par terre avec toute la puissance de mes cuisses. Sa tête cogne contre le mur. Je serre, je serre de toutes mes forces. Je sens craquer ses dernières côtes. Je force à m'évanouir. Elle peut pas crier. Elle peut plus rien faire. Elle pousse un vague grognement et elle se ramollit.

Derrière moi, ça bouge. Donna a rampé jusqu'à moi. Je la vois, en tournant la tête, qui mord le sol.

— Bouge pas, Francis, elle dit.

Je comprends qu'elle a réussi à prendre le rasoir dans ses dents.

Je serre toujours la Walcott. Je sens la lame du rasoir, maladroite, qui me fend le poignet.

— Plus haut, Donna.

Ça mord sur une des cordes. Je fais un effort terrible et tout claque. J'ai les mains libres. Et mes poignets me font mal.

Je remue les doigts. Ils sont morts. Allons. Je force. Je lève mes mains pour faire descendre le sang.

Ça recommence à circuler. Mais je me rappelle qu'il faut donner le change. Je hurle.

— Ah !... Louise... grâce... Au secours... pas ça... Aâah...

Donna bondit sur le rasoir qu'elle a laissé choir de ses lèvres. Elle s'est coupée en le ramassant, elle saigne, je coupe ses cordes, je la frictionne, et je l'embrasse comme du bon pain.

— Donna ! je dis. T'es une chic fille. T'es un amour. Je t'aime bien.

— Oh ! Francis, elle dit, le pauvre John... Tue-la, tue-la, cette saleté.

— On peut pas, je dis, ils auront sûrement des trucs à lui faire avouer à la police. Mais, compte sur eux pour le passage à tabac.

Je me remets à gueuler un peu pour la frime, et Donna à se marrer. Et puis on discute le coup en vitesse, à voix basse.

— Je veux bien l'assaisonner un brin, je dis. Sans la tuer.

J'attrape le corps de Louise et je l'allonge par terre. Et puis, en deux temps trois mouvements, je lui casse les deux poignets. Pas de détails, ça n'a rien d'intéressant ; mais ça soulage. Elle se réveille, du coup, mais Donna lui ferme la bouche. Je lui balance un coup de poing maison sur l'oreille et elle repart au pays des rêves.

— Casse-lui une patte, Francis, me dit Donna. Aussi une patte.

— Elle va se réveiller pour de vrai, je dis, et pis, j'ai rien du boucher. Elle me dégoûte trop. Comme ça, elle est inoffensive.

Je la fouille. Elle a un automatique sous l'aisselle, comme un vrai petit gangster. C'est pour ça qu'elle a toujours des robes si décolletées... pour pouvoir le prendre en vitesse.

Donna me suggère encore de lui faire des tas de trucs.

— Ecoute, mon chou, je dis, à un kangourou, je pourrais, mais cette bonne femme-là, j'aime mieux me pendre. Elle le mérite pas. Pauvre John !

Donna se met à pleurer en pensant à John, et elle se marre, une seconde après, parce qu'on continue notre comédie.

Je suis armé, libre... dans cette chambre. Une seule issue, la fenêtre.

— Qu'est-ce qu'il y a dans le jardin ? je dis. On peut tenir ?

— On n'a pas grande chance, me dit Donna. On est sûrement au second ici. C'est l'étage des cellules. Dans le jardin, il n'y a qu'une cabane en bois qui flamberait comme rien s'ils voulaient nous en déloger. Nulle part on ne peut tenir.

Je vais à la fenêtre et je relève la jalousie. Exact. Je la baisse.

— Trop haut, je fais. Faut passer par la porte.

— Allons-y, elle répond.

Elle est très pâle et ajoute :

— On sera canardés en arrivant en bas.

— Qui reste ici en permanence ?

— Il y a le jardinier, une énorme brute rousse ; pas très dangereux, Mac Coy. Et puis des filles. Il en reste peut-être trois ou quatre, les autres sont sans doute en ville. Il doit y avoir Viola Bell, c'est elle l'intendante, c'est un vrai monstre. On était copines... ajoute Donna.

Elle frissonne.

— Quand je pense que j'ai été de leur côté !

— Je connais le jardinier, je dis. Il est vilain à voir.

— C'est le seul homme ici, dit Donna.

— Richard Walcott ?

— Il vient rarement. Il reste à Washington avec ses copains. En plus de Viola, Beryl et Jane sont sûrement là. Des tueuses. Et Rosie Lance. Elle fait la cuisine.

— Elle a aussi un pétard, je suppose ?

— Oui, dit Donna. On en avait toutes. On s'entraînait dans la cave.

Elle a du mal à continuer.

— Sur des bonshommes ? je demande.

— Oui, elle dit, sur des bonshommes. Morts.

— Ceux dont Louise s'était occupée elle-même ?

— Oui.

— Bon, je fais. Tant pis. On descend.

— Tais-toi... souffle Donna.

On entend des pas qui montent un escalier.

— C'est Viola... dit Donna. Je reconnais ses souliers.

Les pas avancent et s'approchent de la porte. Et
une voix retentit :

— Louise...

Pas de réponse, pour cause.

— Louise Walcott.

La poignée de la porte tourne. En vitesse, je
repousse Donna derrière moi et je m'approche.

Visiblement, Viola hésite. Elle tient la poignée et
ne se décide pas à entrer.

Une seule chose à faire. Silencieusement, je saisis
cette poignée irrésolue et je tire brutalement vers
moi. Viola perd l'équilibre et tombe à moitié dans la
chambre. Son revolver crache.

Une fois, pas deux. Le second coup, c'est un coup
de poing sur le crâne. De toute ma force. A assommer un bœuf.

Apparemment, Viola n'est pas si solide. Je la visite.
Elle porte la culotte, celle-là. Un revolver sur la fesse,
un autre dans le corsage. Une idée me vient. Je la
déshabille complètement.

— Fais-en autant à Louise, je dis à Donna. Elles
auront du mal à filer comme ça.

C'est pas beau à voir, Viola est mal foutue. Maigre,
pas de seins, des hanches de garçon.

Elle remue. Je l'empoigne par la nuque et je lui
cogne sur le menton comme sur du bon pain rassis.
Et, bon Dieu, j'y vais joyeusement. Elle oublie tout.

Sur elle, je trouve encore un petit poignard fixé à
son mollet droit par deux courroies de cuir, et un
trousseau de clés.

— Quel arsenal... je dis.

On se grouille, parce que les autres vont rappliquer, pas de doute. Je prête l'oreille, et une pensée
me frappe tout à coup.

— Et Jack ? je dis à Donna. Qui est-ce ?

Je décris le faux Carruthers.

Donna réfléchit.

— Je vois qui tu veux dire, mais je ne sais pas comment il s'appelle, elle me dit.

— C'est lui qui m'a eu, je lui explique. Aussi, je voudrais bien le tenir dans un coin. Il y avait un autre homme avec lui. Un petit brun, avec un revolver énorme. Mince, la bouche en coup de sabre.

Elle rigole.

— C'est pas un homme, elle dit. C'est Rosie, la cuisinière.

— Bon — ça n'en fait qu'une de plus... on descend, alors... Prends ça.

Je passe un pétard à Donna, ce qui fait qu'elle en a un et moi deux.

— Dirige-nous, je dis.

— On pourrait attendre qu'on vienne, dit Donna. On les aurait tous l'un après l'autre.

— Je crois qu'il vaut mieux attaquer, je réponds. Suppose qu'ils mettent le feu et qu'ils s'en aillent.

Je suis obnubilé par cette idée de feu.

— Oh ! allons-y, dit Donna.

Elle se serre contre moi.

— Tu ne me laisses pas tomber s'il arrive quelque chose ?

— Qu'est-ce que tu veux qu'il arrive, Donna ?

Je l'embrasse doucement et je passe le premier.

— A gauche, elle me dit. L'escalier.

Je me déplace sans bruit. Donna a ramassé les fringues de Louise et de Viola Bell et elle referme à clé la porte de la chambre où elles sont étendues.

Je suis dans l'escalier. Je commence à descendre. Rien ne se passe.

Je me demande où est Ritchie.

Voilà le palier du premier. Je longe le mur de l'escalier et je jette un œil.

Comme au second, il y a quatre ou cinq portes fermées qui donnent dessus.

Donna est tout contre moi.

— A droite, elle me dit. La première pièce. Elles doivent y être.

Avant que j'aie eu le temps de faire quoi que ce soit, elle me double et entre.

J'entends deux coups de feu et une plainte. Et puis du remue-ménage en bas, au rez-de-chaussée, mais je passe et rejoins Donna.

Elle est agenouillée par terre devant la porte. Et dans la pièce, il y a une femme.

Enfin... il y avait une femme.

Donna a raison, on leur apprenait à tirer.

C'est une fille blonde, jeune, jolie, mais l'air sauvage. Elle est dans un fauteuil derrière la table. Elle a un chemisier blanc. Une tache rouge descend sur le sein gauche.

Je ramasse Donna.

— Qu'est-ce que tu-as ?...

— Attention, elle souffle. On monte.

Je me retourne et je la lâche. Je l'entends trébucher jusqu'à la table. Je lève mes flingues.

Je tire le premier. La première fois de ma vie que je tire sur une fille. La dernière, j'espère. J'ai réussi mon coup. Son pétard lui saute des pattes, elle pousse un cri, parce que son index est parti avec. Je la cueille au menton et je vous jure que j'essaye pas de la rattraper avant qu'elle tombe.

— Lève les pattes !...

Mince. Il y avait l'autre derrière. Le prétendu Carruthers. Je comprends pas comment il n'a pas tiré.

Je lâche mes outils. Rien à faire. Mais soudain une balle me ronfle derrière l'oreille et je vois la figure du type éclater positivement devant moi. Le sang me gicle dessus et je recule, prêt à vomir.

— Merci, Donna, je dis sans me retourner.

Je ramasse mes pétards et je vais à la porte. J'ai l'impression qu'on a fait le vide. Je referme la porte et je m'occupe un peu de Donna.

— Tu es touchée sérieusement ? je lui demande.

Elle est affalée sur elle-même et elle respire péniblement. Je la couche sur la table.

— Dans le poumon, elle dit.

— C'est rien, je fais, on s'en tire. Bouge pas, respire doucement.

— Pas la peine, Francis, elle me dit. A quoi bon ! Tire-m'en une autre. De toute façon, j'en ai assez sur la conscience pour qu'ils m'en donnent pour trente ans.

— Pas question, je réponds. Pourquoi crois-tu qu'il n'a pas tiré sur moi ?

— Je sais pas, elle murmure.

Je lui cale la tête avec les frusques de Viola qu'elle n'a pas lâchées.

— Je crois que je viens de piger, je dis. C'est parce que je vaux un peu d'argent. Tu comprends, il croit que mon papa est sénateur. Il voulait sans doute me kidnapper.

Elle a un pauvre sourire.

— Ça ne prend pas, Francis, elle fait.

— En fait, il a du fric comme cinq ou six sénateurs réunis, je dis. Et ça ira tout seul pour toi. Mais surtout, ne te frappe pas.

Pendant que Donna se repose, je fouille les poches du type. Voilà le portefeuille qu'il m'avait montré. Il y a bien les papiers. Mais dans la poche intérieure, en voilà d'autres.

Tiens. Le monsieur en question s'appelle en réalité Sam Driscoll — ce qui n'a aucun rapport. Il est effectivement enquêteur privé à New York. Et non moins effectivement, il a été engagé par le père de Gaya Valenko pour surveiller sa fille. Il y a trois mois.

Ben, il avait une façon de la surveiller... J'ai idée que ce frère-là a voulu bouffer à tous les râteliers et qu'il a vendu la combine à Walcott.

Ça lui est retombé en pleine poire, je crois. Il ne fouinera plus dans les affaires des autres, d'ici un petit bout de temps.

J'empoche les papiers et je reviens vers Donna. Elle a pas l'air très bien. Je lui passe la main sur le front. Elle a la fièvre.

Quand même, j'ai idée que j'oublie quelque chose. Je réfléchis de mon mieux. Ça y est. Où est le jardinier, le rouquin infâme qui pèse une demi-tonne ?

— Donna, je demande, ne me parle pas, mais écoute. Si tu réponds oui, cligne les paupières, sinon tu bouges pas. Est-ce qu'il y avait d'autres filles ici ?

Elle fait oui.

— Celle-là, c'est Beryl ?

Pas de réponse.

— C'est Jane ?

Oui ? Bon. Beryl est dans la nature. Ou dehors dans le couloir. Elle m'attend pour me canarder.

— Il y en avait d'autres ?

Oui.

— Mais tu ne les connais pas ?

Elle parle tout doucement.

— Les autres ne vivaient pas ici. Ici, c'était le quartier général de Louise. Les autres allaient prendre les consignes au bar.

— Tais-toi, je dis, j'ai compris.

Mais, bon Dieu, que fait Ritchie ?

Juste à ce moment-là, j'entends une bagnole qui s'amène. Je fonce à la fenêtre. L'auto entre et tourne devant la maison. Je ne vois plus rien. Je me prépare à me lancer dehors. C'est sûrement Ritchie.

— Francis...

Donna se redresse à moitié.

— Francis... attention...

Elle a un hoquet et porte la main à sa poitrine.

— C'est... c'est voiture de Louise... c'est Jane... attention.

Bon Dieu... il faut que je voie... Au bout du couloir, il y a une fenêtre qui donne sur le jardin. Je cours.

Zut. Ils sont déjà descendus et entrés. Je retraverse

la zone de l'escalier en vitesse et je me planque. Je regarde en tâchant de passer inaperçu.

On monte. Et là, j'ai envie de tuer. C'est mon frangin Ritchie qui avance. Il a la figure couverte de sang. Derrière lui, le rouquin et une fille aux cheveux courts, avec une gueule de brute, en pantalon et chandail noirs. Elle tient un poignard et larde le dos de Ritchie pour le faire avancer. Il a les mains attachées.

Ils ne lèvent pas les yeux, heureusement pour moi. Mais si je tire, je blesse Ritchie.

Je recule, je rentre dans la pièce et je ferme la porte sans bruit. Ils vont sans doute l'enfermer là-haut.

A travers la porte, j'entends la fille en noir qui renifle.

— Ça sent drôle, ici, elle murmure. On a tiré.

— Monte-le, Dan, elle dit. Je vais voir dans le bureau.

Le bureau, c'est là où je suis. Je recule.

Elle tourne la poignée, la porte ne s'ouvre pas.

— Louise !

— Beryl !...

Pas de réponse. Je l'entends grogner.

Et puis le silence. Des pas, en haut. Le bruit d'une chute.

Soudain, une galopade dans l'escalier.

— Dan !...

C'est le colosse qui est redescendu. Je les entends discuter très vite.

— Enfonce la porte...

Je me prépare. L'autre prend son élan... je le sens... je me colle au mur.

La porte vole en éclats et la brute va s'affaler au milieu de la pièce.

Moi, je tire des deux mains sur celle qui se tient derrière lui. Elle y est. Sans faire ouf. Un tas noir par terre.

Le rouquin se relève. Il pige pas.

— Bouge plus ! je dis.

Il avance vers moi.

— Plus du tout ! je hurle.

Ça y est. Je suis fait. Il a vu que je pourrais pas tirer. Mes nerfs me lâchent. Il se marre.

— Tire, il fait...

Je me ressaisis. Je flanque mes pétards par-dessus la table sur laquelle Donna est couchée inerte.

— Je te finis à la main, je lui dis.

Parce que je ne peux plus tuer comme ça, de sang-froid... je ne veux plus. C'est trop dégueulasse...

J'esquive un poing comme un gigot de trois kilos et je lui cogne sur le foie. Dieu ! Ça rentre de vingt centimètres, j'ai l'impression de taper dans un édredon. Vite je reprends ma garde.

Il a une allonge effrayante. Faut que je l'aie au judo ou au catch. Sans ça, rien à faire.

Je danse autour de lui en cherchant la prise. Celle-là, il faudra que je la tienne...

Il est en position. Je me lance, je le feinte et je le déséquilibre. On s'effondre avec un bruit terrible.

Le téléphone sonne...

Le gros est par terre, sur le côté droit et j'ai réussi à me dégager. Je lui colle un pied sur le cou et j'attrape la main gauche. Je me lance en l'air et je tortille son bras en retombant.

Bon. Un de cassé. Qu'est-ce que je casse, aujourd'hui !

Il abandonne.

Je me relève et j'essuie ma figure. Je suis dans un rêve. Le téléphone sonne toujours. Je décroche.

— Allô... Ici Richard...

— Ici le bon Dieu, je réponds.

Je viens de reconnaître la voix de cette ordure de Walcott.

— Allô ?... Louise ?

Il a l'air suffoqué.

— Tu n'iras pas au paradis, je lui dis, parce que tu

as trop l'air d'une tante. Blague à part. Ici Sam, viens quand même. Louise te demande. Salut.

Je raccroche et je compose un autre numéro.

— La police ?

Je l'ai.

— C'est quelqu'un qui vous veut du bien, je fais. Venez à tel endroit (je leur explique tant bien que mal) et vous trouverez des choses intéressantes. Amenez des cercueils.

Je re-raccroche et je bondis pour voir ce que devient Ritchie. Je cherche où il est et j'ouvre les portes avec les clés de Viola. Dans la seconde pièce je le trouve. Il est dans un coin, prostré, en loques. Il n'a plus de veste, sa chemise est en morceaux, il ne bouge pas. J'ai les foies. Je m'agenouille près de lui et je coupe ses ficelles avec le petit poignard que j'ai gardé. Je le frictionne.

— Ritchie... Ritchie... tu te réveilles ?

Il commence à réagir. Mou.

— C'est Francis, je lui dis. Francis. Ton frère, Ritchie, réveille-toi, les flics vont arriver et il faut qu'on les mette.

— Les flics ? il grogne. Pas question.

Ça y est. Je retrouve mon Ritchie. Il fait un effort et je l'aide à se relever.

— Mes jambes... il dit.

Il a le dos tout saignant des coups de couteau que cette garce lui a donnés pour lui faire monter l'escalier. C'est superficiel, heureusement.

Il fait deux pas en titubant.

— Où ça en est ? il me demande.

Je lui explique le tout pendant qu'on descend l'escalier et il me raconte alors comment le rouquin et la fille en noir lui ont donné la chasse avec leur bagnole. Avec sa vieille Buick, il ne pouvait rien faire et il a éclaté dans un virage.

— J'étais à moitié sonné, il me dit, et ils m'ont cueilli comme une fleur.

Je lui dis que Donna a pris un pruneau dans le soufflet en nettoyant le terrain devant moi.

— Grave ? il demande.

— Faut que tu voies ça, je dis.

On est arrivés au bureau. Dans un coin, il y a le gros rouquin qui geint, immobile contre le mur. Par terre, le pseudo-Carruthers, la gueule de brute. Dans le fauteuil, Jane, et sur la table, Donna. Inerte. Ritchie se penche sur elle.

— Rien à faire, il me dit. Elle est liquidée.

Elle sourit vaguement, je lui tâte le front. Elle a l'air de nous regarder. Je frissonne malgré moi.

— C'était une fille pas mal, je dis.

— Pas mal, dit Ritchie comme un écho. Dommage qu'elles se rendent pas compte. Dans deux heures, elle sera morte.

On descend. Qu'est-ce qu'on peut faire d'autre ? On va pas attendre les flics.

Les clés sont sur la bagnole. C'est une Packard dernier modèle. Les gens n'en veulent plus guère parce que ça ressemble à des corbillards, mais ça m'étonne pas que Ritchie se soit fait rattraper. On y monte.

Je suis toujours habillé en fille, j'en ai un peu marre... J'ai deux pétards. Je les flanque dans le coffre du tableau de bord. On tourne pour revenir à Washington.

— Qu'est-ce qu'on fait ? demande Ritchie.

Il s'est un peu retapé je ne sais pas avec quoi et il a trouvé une veste.

Mais c'est vrai... je suis toujours recherché par les flics. Oh ! j'en ai marre de tout ça... je crois que c'est Donna qui me fiche le cafard.

— John, je dis à Ritchie. John Payne. Il était là-haut.

— Je sais, dit Ritchie. Dan me l'a fait voir avant de m'enfermer.

On roule. On croise une bagnole.

— Stoppe, dit Ritchie.

Pas besoin d'insister. J'ai vu Walcott.

Je fais demi-tour et on champignonne. On le rejoint en trois cents mètres. Je fiche un grand coup d'accélérateur et on va lui cogner le derrière de sa voiture. Ritchie passe son bras à la portière et lui lâche un chargeur.

La voiture de Walcott bondit en avant. C'est une Lincoln et je crois qu'on aura du mal.

— Fonce, Francis, me dit Ritchie.

J'y vais franco. On redépasse la maison de Louise. A ce train-là, on ne va pas tarder à se foutre dans le décor, mais il me débecte trop.

Je suis au maximum et je le grignote tellement lentement que je me rends compte qu'il n'y a rien à faire.

— Tire encore, Ritchie.

Il est à vingt mètres devant nous. Juste comme je viens de dire ça à Ritchie, notre pare-brise saute juste à ma droite. Ils tirent aussi.

Ritchie prend son temps. Il vise et lâche la première balle. Il nous en reste cinq.

La route commence à faire des virages et ils sont forcés de ralentir ; moi aussi parce que ça danse un peu.

— Fonce, me dit Ritchie.

Un choc sur le montant de gauche du pare-brise. Une suave musique s'élève. C'est mon frangin qui vient de mettre la radio.

— Vas-y, il dit. T'occupe pas.

J'appuie. Les pneus hurlent. On gagne six mètres.

Une section droite. On traverse un village en trombe. Re-virages. Un petit pont.

Je réussis à doubler Walcott... Je fonce et je rase son flanc gauche. Il a les foies. Ritchie lui lâche deux coups de pétard et je le rabats sur la droite juste avant le pont. Sa voiture percute contre le parapet et en un éclair on la voit faire le panache et retomber dans tous les sens.

Il y a une explosion, le réservoir s'est mis à flamber. Bonne chose.

Ça, c'est Ritchie qui me le dit pendant que j'essaye de sortir la bagnole de cette cochonnerie de virages.

Je frôle un pylône... Ça tangue et ça roule. Enfin, je peux soulager l'accélérateur.

— Continue par là, me dit Ritchie. J'ai un copain qui habite plus loin et qui pourra nous loger quelques jours.

Le nombre de copains de ce type-là...

CHAPITRE XX

J'ai jamais été si heureux physiquement qu'au moment où je me retrouve chez le copain de Ritchie, sous une bonne douche, avec un savon, une serviette... et, de l'autre côté, des fringues d'homme qui m'attendent.

Parce qu'à la longue, je me rends compte qu'en souris, je suis loqué comme un poisson rouge, et c'est triste quand on est mignon comme moi.

Je suis en plein dans la mousse de savon quand ma porte s'ouvre.

— Bouge pas ! me dit la voix de Ritchie. C'est moi.

J'étais déjà en train de me planquer. L'habitude.

— J'ai téléphoné à papa, me dit Ritchie.

Heu... ça... j'aurais pas osé.

— Qu'est-ce que tu lui as dit ?

— Tout... dit mon frangin.

— Et alors ?

— Alors il dit qu'on est une belle paire d'andouilles.

— Il a pas tort.

Je me rengorge avec fierté. C'est chouette d'avoir un paternel pas bête.

— Il va essayer de nous faire engager dans la police, comme inspecteurs, ajoute Ritchie. Ou comme investigateurs du District Attorney. C'est un de ses grands potes. Comme c'est une affaire de drogue, ça lui fera de la réclame. Et on sera couverts pour ce qu'on a fait.

— Bon, ça, je dis.

— Maman m'a chargé de t'engueuler, il ajoute.

— Elle a pas tort non plus.

On a des parents sympas. Je serais parfaitement heureux si Donna s'en était tirée... Enfin... Non, y a John Payne aussi... Pauvre John. C'est notre faute. Enfin. Il a eu de bons moments avant d'y passer.

— Tu lui as dit d'arranger ça le plus vite possible ?

— Il nous rappelle dans dix minutes.

— Rien d'autre ?

— Ah ! si... il m'a demandé comment ça se fait que tu laissais dix mille dollars attachés à la colonne de direction de ta bagnole. Un mécano est venu lui rapporter tantôt.

Ça, ça m'assied.

— Y a encore des gens honnêtes... je dis.

— Il lui en a donné cinq cents en récompense, répond Ritchie. Il espère que tu es d'accord.

— Mais Wu Chang ? je demande.

— On l'avait prévenu, dit Ritchie, papa, je veux dire. Wu n'a rien et nos parents savaient que le baratin, c'était pour attirer Louise Walcott dans un piège.

— Merveilleux !... je fais. Alors l'histoire que ce salaud de Driscoll inventait, c'était vrai !...

Dans le fond, j'aurais peut-être dû vous prévenir depuis le début que mon papa, il a gagné son argent en vendant de l'alcool redistillé aux pauvres mecs qui avaient soif pendant la prohibition, ce qui est une action philanthropique à mon avis. Et puis, entre-temps, il est devenu chef de la police de Chicago, ce qui est une bonne place pour se faire du pèze, et maintenant, il a pris sa retraite à Washington. Aussi, il manque pas de défense.

Enfin.

— On a bien travaillé, je dis à Ritchie.

— Tu parles ! Papa a encore dit que, pour un rien, on foutait toute l'affaire en l'air. La police était sur Louise depuis des mois et, maintenant, elle parlera plus. Enfin, comme on a à peu près liquidé la bande, ils sont pas trop furax, mais qu'est-ce qu'on a failli prendre !...

Hum ! N'insistons pas.

— C'est tout ? je dis.

— C'est tout.

— Amène-moi le téléphone.

Ritchie s'exécute. Je compose le numéro de Gaya.

— Allô ?

— Allô, Gaya ?

J'ai reconnu sa voix.

— Francis Deacon. Prends ta bagnole et viens.

— Où ça ? elle me demande.

— Chez Ben Kirby. Tu connais ? J'ai ce qu'il te faut.

Je raccroche et je commence à me masser un peu les muscles et les articulations. Je suis truffé de bleus et de contusions et ma figure est enflée un peu partout. Gaya doit être dans les transes, puisqu'elle n'a pas sa cochonnerie pour se piquer. Elle va rappliquer en vitesse. Il lui faut vingt minutes, pas plus.

Ritchie est en train de se soigner aussi, il est couvert de sparadrap.

— Ritchie ! je dis. Tu t'en ressens, pour lui flanquer une raclée ?

— A qui ?

— A cette garce de Gaya, je réponds.

— Heu... il me dit, je lui ferais plutôt des politesses.

— Bon. Ça n'empêche pas, je conclus.

On se masse et on se soigne, et vingt minutes après, il arrive une bagnole. Gaya a vite fait de nous rejoindre ; à ce moment-là, on est tous les deux dans la chambre que Ben nous a donnée, en sous-vêtements, et on en grille une.

— Bonjour, elle dit. Tu en as ?

— Viens nous faire la bise, mon chou, je réponds. On n'entre pas comme ça chez les gens.

Elle est fébrile, mal à son aise. Moi, j'ai idée que mon remède est meilleur.

— Ferme la porte, Ritchie.

Il obéit.

— Déshabille-toi, Gaya, je continue.

Comme elle n'obtempère pas, je l'attrape par ce qui dépasse et je mets tout en miettes. Ritchie vient m'aider.

— A la douche, je lui dis.

On l'emmène dans la douche et on lui en passe une bonne, et, croyez-moi, cette fille-là sous la flotte elle est encore plus jolie qu'à l'air.

— T'es pas plus intoxiquée que moi, je continue. Tu as voulu jouer les grandes droguées. Ça prend pas. Un petit rafraîchissement comme ça, c'est ce qu'il te faut.

Sur quoi, je l'envoie sur le lit d'un bon coup de savate dans les fesses. Elle s'affole et se met à pleurer.

Je tire un voile, parce qu'à ce moment-là, il est juste temps qu'on la console.

D'ailleurs, l'histoire est à peu près finie.

CHAPITRE XXI

Eh ben, en relisant mes notes, j'ai idée que pas une fois vous ne vous direz que c'est un mec qui a étudié qu'a écrit ça. Question de vocabulaire ? Non. A mon avis, c'est surtout que ça manque de citations latines. Dans le début, j'ai fait des efforts, mais je vois que je me suis laissé entraîner et, malgré un départ dans un style vachement châtié, le naturel a repris le dessus.

Tant pis. Mais c'est le côté moral de tout ce biseness que je veux souligner maintenant.

L'essentiel, vous voyez, c'est d'être honnête. Je suis pas exactement ce qu'on appelle un type rangé, mais tout ce que j'ai fait, c'était franc et correct.

Et puis ensuite, faut respecter les liens familiaux. Moi, mon frangin, je l'ai fait profiter de tout. Du bon et du mauvais... mais toujours en frère. La main dans la main.

Vous me direz que les souris, on a peut-être été un peu fort avec elles...

Mais, qu'est-ce que vous voulez, aussi, elles se rendent pas compte.

FIN

REPÈRES BIO-BIBLIOGRAPHIQUES

10 mars 1920 : Naissance à Ville-d'Avray de Boris Paul Vian. Il aura deux frères et une sœur. Son père est rentier et le restera jusqu'en 1929.

1932 : Début de rhumatisme cardiaque. En 1935, typhoïde mal traitée.

1935-1939 : Baccalauréat latin-grec, puis Math élém.
Prépare le concours d'entrée à l'Ecole centrale. S'intéresse au jazz et organise des surprise-parties.

1939 : Entre à Centrale. En sort en juin 1942 avec un diplôme d'ingénieur.

1941 : Epouse Michelle Léglise. Commence les *Cent Sonnets*.

1942 : Naissance d'un fils, Patrick.
Entre comme ingénieur à l'AFNOR.

1943 : Ecrit *Trouble dans les Andains* (publié en 1966).
Devient trompettiste dans l'orchestre de jazz amateur de Claude Abadie qui poursuivra sa carrière jusqu'en 1950.

1944-1945 : Publie ses premiers textes sous les pseudonymes de Bison Ravi et Hugo Hachebuisson. Termine *Vercoquin et le plancton* (publié en 1947).
Fait la connaissance de Raymond Queneau.

Début 1946 : Quitte l'AFNOR pour travailler à l'Office du papier.
Termine le manuscrit de *L'Ecume des jours* (publiée en 1947).
Rencontre Simone de Beauvoir et Sartre.

Mai-juin 1946. Commence la Chronique du menteur aux *Temps modernes*.
Candidat au prix de la Pléiade pour *L'Ecume des jours*, ne le reçoit pas malgré le soutien notamment de Queneau et Sartre.

Août 1946 : Rédige *J'irai cracher sur vos tombes* qui est publié en novembre sous le nom de Vernon Sullivan et devient le best-seller de l'année 1947.

Septembre-novembre 1948 : Ecrit *L'Automne à Pékin* (publié en 1947).

1947 : Devient en juin le trompette et l'animateur du « Tabous ».
Ecrit *L'Equarrissage pour tous*.
Vernon Sullivan signe *Les morts ont tous la même peau*.

1948 : Naissance d'une fille, Carole.
Adaptation théâtrale de *J'irai cracher*.
Barnum's Digest ; Et on tuera tous les affreux (le 3ᵉ Sullivan).

1949 : Interdiction de *J'irai cracher* (roman).
Cantilènes en gelée ; Les Fourmis. Période de crise.

1950 : Condamnation pour outrage aux mœurs à cause des deux premiers Sullivan.
Représentation de *L'Equarrissage* (publié peu après avec *Le Dernier des métiers*).
L'Herbe rouge (commencée en 1948) — *Elles se rendent pas compte* (Sullivan). Mise au point du *Manuel de Saint-Germain-des-Prés* (publié en 1974).

1951 : Ecrit *Le Goûter des généraux*, représenté en 1965.

1952 : Nommé Equarrisseur de 1ʳᵉ classe par le Collège de 'Pataphysique.
Devient plus tard Satrape.
Divorce avec Michelle. Période de traductions.
Ecrit la plupart des poèmes de *Je voudrais pas crever* (publié en 1962).

1953 : *Le Chevalier de Neige*, spectacle de plein air, présenté à Caen.
L'Arrache-Cœur (terminé en 1951).

1954 : Mariage avec Ursula Kubler, qu'il avait rencontrée en 1950.

1954-1959 : Période consacrée à des tours de chant, des productions de disques, etc.

Écrit de nombreuses chansons dont *Le Déserteur*, des comédies musicales, des scénarios de films.

1956 : *L'Automne à* Pékin, version remaniée.

1957 : *Le Chevalier de Neige*, opéra, musique de Georges Delerue, créé à Nancy.

Vian écrit *Les Bâtisseurs d'empire* (publiés et joués en 1959).

1958 : *Fiesta*, opéra, musique de Darius Milhaud, créé à Berlin.

Parution d'*En avant la zizique*. Fin de la revue de presse donnée depuis 1947 dans *Jazz-Hot*.

1959 : Démêlés avec les réalisateurs du film *J'irai cracher sur vos tombes*.

Rôles dans des films.

23 juin 1959 : Mort de Boris Vian pendant la projection du film tiré de *J'irai cracher* et qu'il désapprouvait.

Composition réalisée par JOUVE

Achevé d'imprimer en juin 2006 en France sur Presse Offset par

BRODARD & TAUPIN

GROUPE CPI

La Flèche (Sarthe).
N° d'imprimeur : 34446 – N° d'éditeur : 71001
Dépôt légal 1re publication : septembre 2000
Édition 05 – juin 2006
LIBRAIRIE GÉNÉRALE FRANÇAISE – 31, rue de Fleurus – 75278 Paris cedex 06.

31/4921/8